Wladimir Wyssotzkij

Wolfsjagd

Gedichte und Lieder

— russisch und deutsch —

Herausgegeben und eingeleitet
von
Brigitte van Kann

neue kritik

Nachdichtungen und Übertragungen aus dem Russischen
von Martin Remané, Harry Oberländer, Wolf Biermann,
Helmut Butzmann, Robert Schindel, Liselotte Schmidt,
Lena Seidel, Andreas Svoboda und Eva Wiesenecker

Bildnachweis
Sternin (Seite 6, 21 unten, 29 oben und unten)
Archiv (11, 13, 26 oben)
Philippe Coqueux (21 oben), Marc Enguerand (24)

CIP-Kurztitelaufnahme der Deutschen Bibliothek

Vysockij, Vladimir:

Wolfsjagd : Gedichte u. Lieder; russ. u. dt. /
Wladimir Wyssotzkij. Hrsg. u. eingeleitet von
Brigitte van Kann. [Nachdichtungen u. Übertr. aus
d. Russ. von Martin Remané . . .] – Frankfurt
[Main] : Neue Kritik, 1986.
ISBN 3-8015-0210-4

Zweite durchgesehene Auflage 1987

Umschlag Michael Klein
unter Verwendung eines dpa-Photos
Russischer Satz Alexander Ribowski
Druck Fuldaer Verlagsanstalt GmbH Fulda

Vorbemerkung

Es gibt verschiedene Möglichkeiten, Lieder und Gedichte wie die von Wladimir Wyssotzkij ins Deutsche zu übertragen. Ob Prosafassung, gereimte und/oder rhythmisierte Nachdichtung – jede Methode weist ebenso viele Vorzüge wie Mängel auf.

Bei der vorliegenden Auswahl – sie ist die erste in deutscher Sprache – haben wir uns weitgehend für Nachdichtungen entschieden. Prosaübertragungen wären in vielen Fällen zwar genauer, aber auch ungestalter gewesen. Außerdem sind sie wirklich interessant nur für Leser mit Russischkenntnissen.

Noch etwas spricht für diese Entscheidung: Beraubt eine gedruckte Anthologie die Lieder zwangsläufig der zu ihnen gehörenden Musik, so sollten wenigstens gebundene Nachdichtungen das Liedhafte noch ahnen lassen, sollte die Form nachvollzogen oder neu gestaltet werden.

Nachdichtung bedeutet immer Annäherung durch Entfernung. Um sowohl den Grad des einen als auch des anderen sichtbar zu machen, haben wir den deutschen Fassungen die russischen Originale gegenübergestellt.

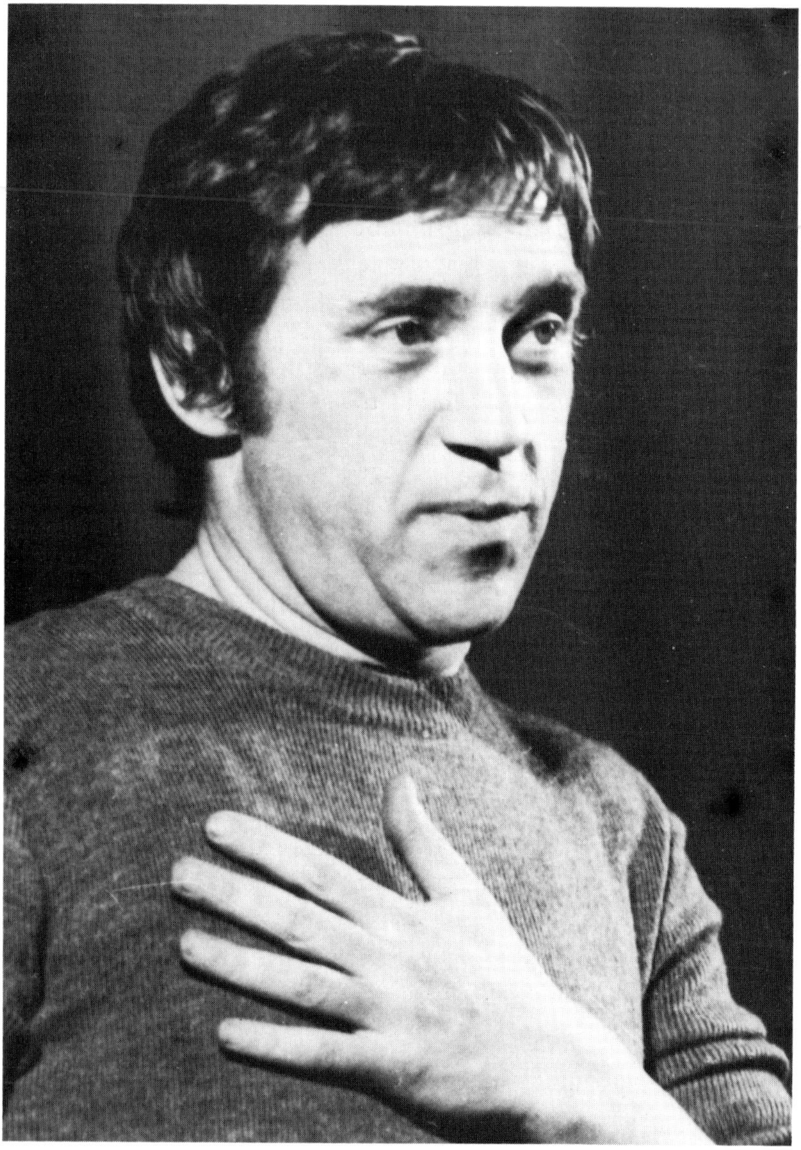

WLADIMIR WYSSOTZKIJ
(1938-1980)

"Manchmal kam er mir vor wie ein Kugelblitz, so unberechenbar, daß alle Angst haben, wenn er einen Raum betritt: Niemand weiß, wo er einschlagen wird . . . Einigen Leuten war er zu grob und ungehobelt, wie ein Pflasterstein auf dem Parkett.
Wladimir Wyssotzkij war ein Mensch von unbändigem Temperament. Er riß sich in Stücke, sein Herz hielt nicht stand und blieb stehen. Dafür hat ihm das Volk all seine Liebe geschenkt. Seit drei Tagen und drei Nächten ebbt der Strom der Menschen nicht ab; sie kommen, um sich von ihm zu verabschieden, um vor seinem Porträt zu stehen, Blumen niederzulegen und Schirme aufzuspannen – damit die Blumen vor der Sonne geschützt sind und nicht verwelken. Zu seinen Lebzeiten haben wir ihn zu wenig beschirmt und beschützt. Aber das ist wohl das bittere Los aller russischen Dichter . . .
Welche Macht über Menschen er besaß, werde ich Ihnen an einem Beispiel erzählen: Es war an einem arbeitsfreien Tag, als wir mit dem ganzen Theater auf der Baustelle des Automobilwerkes KAMAZ ankamen. Wir stiegen aus und gingen zu dem Haus, in dem wir wohnen sollten. Alle Bauarbeiter hatten ihre Fenster geöffnet und Kassettenrecorder herausgestellt. Auf dem ganzen Weg – die Straße war einen Kilometer lang – erklangen seine Lieder in voller Lautstärke. Die Arbeiter riefen: 'Wolodja, du gehörst zu uns!' Er zog wie Spartakus in die Stadt ein. Eine solche Anziehungskraft besaß dieser Mann, und deshalb provozierte er auch den Unwillen so vieler Kleingeister."

Jurij Ljubimow, Chef des Moskauer Taganka Theaters, auf der Totenfeier für Wyssotzkij

"Wyssotzkij konnte seine Lieder mit einer solchen Naturgewalt vortragen, daß die Menschen im Saal wie vor einem starken Wind die Augen schließen und den Kopf zwischen die Schultern ziehen mußten. Man dachte: Noch eine Sekunde – und die Decke stürzt ein, die Energien entladen sich, weil die Spannung nicht auszuhalten ist, und Wyssotzkij selbst fällt zu Boden, erstickt, stirbt einfach auf der Bühne. Man dachte: In einer solchen nervlichen Hochspannung kann man unmöglich singen, unmöglich atmen. Er aber sang und atmete!"

Robert Roschdestwenskij, Lyriker, im Vorwort zur sowjetischen Wyssotzkij-Anthologie "Nerv"

"Er war ein Schauspieler wie kein zweiter. Besonders in den letzten Jahren. Wie hätte es auch anders sein können – bei einem solchen Schicksal! Was machte seine Persönlichkeit aus? Durchgeistigtes Wesen, ausgeprägte Individualität, in allem ungestillt, Sparsamkeit der Ausdrucksmittel und unerwartete Ausbrüche, eine einzigartige Stimme und eine vielseitige Begabung. Er hatte den Saal völlig in der Hand, er magnetisierte die Luft, er war Herr der Bühne.
Und das nicht nur aufgrund seiner legendären Popularität. Er verfügte über eine erstaunliche Energie, die sich in seiner Person akkumulierte und wie das Licht eines starken Scheinwerfers in den Saal schlug. Dieses Kraftfeld spürten die Leute förmlich auf der Haut. In manchen Inszenierungen bewegte ich mich absichtlich hinter seinem Rücken, um nicht unter den Einfluß dieser alles erfassenden Strahlung zu geraten. . . .
Und bei all dem ein selbstverzehrendes Nichtzufriedensein. Und eine übermenschliche Arbeitskraft. Ich erinnere mich nicht, daß Wyssotzkij einfach dagesessen und nichts getan hätte, ich sah ihn nie in Feierabendlaune oder – weil er nichts anderes zu tun gehabt hätte – einfach mit

seinen Freunden schwatzen. Immer und in allem zielstrebig, voller Hingabe."

Alla Demidowa, Schauspielerin am Taganka Theater, in der Zeitschrift "Junost"

"Die Liebhaber billiger Schlagerkunst begeistern sich nicht für ihn, er verärgert trübsinnige Orthodoxe und schockiert die Duckmäuser.
Er ist ein wahrer Dichter, und die enorme Anerkennung, die ihm zuteil wird, ist die beste Waffe im Kampf gegen aufgeblasene Ignoranz, Lüge und die sogenannte 'Massenkultur'."

Bulat Okudschawa, Autor, Lyriker und Sänger, auf der Totenfeier für Wyssotzkij

* * *

Schon zu Lebzeiten war der sowjetische Dichter, Sänger und Schauspieler Wladimir Wyssotzkij, der seine Texte mit rauher Stimme zur Gitarre sang, eine Legende. Als er 1980 im Alter von erst 42 Jahren starb, wurde er vollends zum Mythos.
Es gibt kaum ein Haus in der Sowjetunion, in dem man Wyssotzkij nicht kennt. Millionen Menschen verehren, vergöttern und – man muß es wohl so sagen – lieben ihn. Dabei ist er nie das Idol einer bestimmten Gruppe oder Schicht gewesen. Der linientreue Funktionär und der junge Tramp, das Schulmädchen und der Intellektuelle, der Bauarbeiter und die Dozentin, der Student und der Kriegsveteran, die Schauspielerin und die Kolchosbäuerin – sie alle kennen seine Lieder, oft genug sogar auswendig. Handschriftliche Kopien der Texte machen die Runde, man versucht eine der raren Schall-

platten oder einen der ungezählte Male kopierten Mitschnitte seiner Konzerte zu ergattern.
Und wer nach Moskau kommt, geht zu seinem Grab auf dem Wagankowskoje-Friedhof unweit der Metrostation "1905 goda", wo übrigens auch Jessenin, der Dichter des russischen Dorfes, begraben ist. Hier liegen zu jeder Jahreszeit Blumen, hier rezitiert man seine Verse oder trägt eigene vor, die natürlich ihm gewidmet sind. An Wyssotzkijs Geburts- und Todestagen gerät der Besucherstrom immer wieder zu einer eindrucksvollen Demonstration für den toten Dichter.
Als er am 25. Juli im heißen Moskauer Olympia-Sommer 1980 starb, versammelten sich viele Tausende, um von ihm Abschied zu nehmen – obwohl die Todesnachricht nur verschwindend klein in der Zeitung gestanden hatte, Tag und Ort des Begräbnisses offiziell nicht bekanntgegeben worden waren. Seit Stalins Tod im Jahre 1953 hatte sich dergleichen nicht mehr ereignet – seit 27 Jahren die erste spontane Massendemonstration auf Moskaus Straßen. Filmaufnahmen aus jenen Tagen zeigen trauernde, weinende, fassungslose Menschen auf dem Taganka-Platz und den angrenzenden Straßen. Drei Tage und Nächte lang kamen die Menschen zum Taganka Theater, wo Wyssotzkij im Kostüm des Hamlet, den er ein paar Tage vor seinem Tod noch gespielt hatte, aufgebahrt lag.
An seinem Sarg sprachen berühmte Autoren und Künstler wie der Schriftsteller Jurij Trifonow, die Lyrikerin Bella Achmadulina und der Autor und Sänger Bulat Okudschawa. Das Theater, an dem er sechzehn Jahre gespielt hatte, erhielt aus allen Teilen der Sowjetunion Tausende von Briefen und Telegrammen. Vor den Wandtafeln, auf denen viele von ihnen ausgehängt waren, drängten sich in den Pausen die Theaterbesucher. Auf private Initiative hin wurde Geld gesammelt, um dem Sänger ein Denkmal zu setzen. Das Taganka Theater schrieb einen Wettbewerb

An den Tagen nach Wyssotzkijs Tod im Juli 1980 kamen Tausende zum
Taganka Theater, um von ihm Abschied zu nehmen

aus, an dem sich 40 Bildhauer beteiligten. Im Herbst 1985 wurde eine überlebensgroße Bronzeskulptur auf Wyssotzkijs Grab gesetzt. Die Arbeiter der Gießerei hatten wie alle an der Ausführung Beteiligten darauf bestanden, in unbezahlten Sonderschichten das Monument für ihren "Helden" fertigzustellen.
Doch damit nicht genug. Die Wyssotzkij-Verehrung hat bereits kosmische Dimensionen angenommen: Ein 1974 von einem Obvervatorium auf der Krim entdeckter Planet trägt seinen Namen "Wladwyssotzkij". Und die Kosmonauten W. Kowalenko und A. Iwantschenkow ließen es sich nicht nehmen, im All eines von Wyssotzkijs markigen Männerliedern zu singen. Das Duett wurde auf die Erde übertragen.
Die Kino- und Theaterregisseure der Sowjetunion nutzen die rund 800 Lieder und Gedichte von Wyssotzkij inzwischen zur Untermalung ihrer eigenen Arbeiten. Ganz gleich, ob Anatolij Efros Gorkis "Nachtasyl" inszenierte oder Larissa Schepitko und Elem Klimow den Dorfroman "Abschied von Matjora" von Valentin Rasputin verfilmten – ein Lied von Wyssotzkij dient als Anspielung, Kommentar und ist zugleich ein Manifest für den toten Kollegen.
Als ein westlicher Korrespondent einen jungen Mann nach dem Grund für seinen Besuch an Wyssotzkijs Grab fragte, erhielt er die Antwort, seit Jesus und Jessenin habe die Welt keinen solchen Verlust mehr erlitten. Der hochgespannte Ton, die Absolutheit solcher Aussagen – man hört sie oft, wenn es um Wyssotzkij geht – muten im Westen fremd an. Mißtrauen gegen große, emphatische Worte mischt sich mit Ratlosigkeit angesichts solch bedingungsloser Verehrung. Man möchte sie als übertrieben, als kitschig und pathetisch abtun, als Auswuchs der "russischen Seele" – und kann doch nicht umhin, seine sowjetischen Gesprächspartner ernst zu nehmen. Für sie, so scheint es, ist die Liebe zu ihrem Dichter

Wyssotzkijs Grab auf dem Moskauer Wagankowskoje-Friedhof — eine Pilgerstätte für viele Sowjetbürger

und Sänger eine existentielle Angelegenheit.
Wie erklärt sich diese Zuneigung, für die der Begriff "Starkult" viel zu flach wäre? Wer war Wladimir Wyssotzkij, wie hat er gelebt, was hat er gesungen? Die Biographie der Daten und Fakten, die äußere Biographie des Wladimir Semjonowitsch Wyssotzkij ist schnell erzählt:
Geboren am 25. Januar 1938 in Moskau als Sohn einer Übersetzerin und eines Offiziers der Roten Armee. Nach dem deutschen Überfall auf die Sowjetunion verläßt er mit seiner Mutter Moskau und lebt bis zum Ende des Krieges im südlichen Ural. Die Jahre 1947-49 verbringt er mit dem Vater und dessen zweiter Frau in Deutschland, in der sowjetischen Garnison Eberswalde. Rückkehr nach Moskau, Besuch der Mittelschule, Abschluß 1955. Im selben Jahr beginnt er ein Studium am Moskauer Institut für Bauwesen, bricht die Ausbildung jedoch nach einem Semester ab. 1956 wird er in die Schauspielabteilung der Studio-Schule am berühmten Moskauer Künstlertheater aufgenommen. 1960 erfolgreicher Abschluß. Es folgen Engagements am Puschkin-Theater, am Miniaturen-Theater in Moskau, erste Filmrollen. In dieser Zeit entstehen auch die ersten Lieder.
Seit 1964 festes Ensemblemitglied am neu gegründeten Moskauer Taganka Theater unter Leitung von Jurij Ljubimow. Bis zu seinem Tode am 25. Juli 1980 spielte Wyssotzkij am Taganka mehr als zwanzig Rollen, er wirkte in 26 Filmen und zwei vielbeachteten Fernsehproduktionen mit, arbeitete für das Radio. Besonders populär wurde er mit seinen rund 800 Liedern, deren Texte und Musik er selber schrieb und die er zur Gitarre vortrug. Wladimir Wyssotzkij hatte zwei Söhne aus erster Ehe und war in zweiter Ehe mit der französischen Filmschauspielerin russischer Abstammung, Marina Vlady, verheiratet.
Ein Lebenslauf, der beständig wirkt: ein seßhafter Mos-

kauer, seinem gewählten Beruf treu, sechzehn Jahre Arbeit am selben Theater, im selben Ensemble. Doch die Ruhe trügt: Wyssotzkij hat immer am Abgrund gelebt, rastlos und in unentwegter Anspannung. Und bei aller Individualität, allem Außergewöhnlichen, das ihm seine Landsleute so gerne bescheinigen, ist ihr Idol auch – und zwar auf sehr ausgeprägte Weise – ein Kind seiner Zeit.

In den fünfziger Jahren wuchs in der Sowjetunion eine Generation heran, die den Krieg nicht bewußt miterlebt und erlitten hatte, die offener sein konnte als ihre Väter. Das Ende der Stalinära, eingeleitet durch Chruschtschows Rede auf dem XX. Parteitag der KPdSU 1956, und die Tauwetterperiode (nach Ilja Ehrenburgs gleichnamigem Roman benannt) sorgten für Aufbruchsstimmung. Vor allem die jungen Leute hofften auf Veränderung – die alten Schranken sollten durchbrochen, Neues sollte wieder möglich werden.

In dieser Zeit kehrten die in Stalins Lagern und Gefängnissen Inhaftierten zu Tausenden zurück. Sie brachten ihre Kultur, ihre Verse und Lieder mit, ihren Jargon, "blatnoj jazyk" genannt, zu deutsch "Gaunersprache", "Sprache der Kriminellen". Auf diesen derben, direkten, unverbrauchten Jargon stürzten sich die Jungen. Das hohle Pathos staatstragender Phrasen entsprach schon lange nicht mehr ihrem Lebensgefühl; den allzu großen Worten der politischen und kulturellen Führung begegneten sie mit erklärtem Mißtrauen. Die Faszination des Lagerjargons ging so weit, daß der Lyriker Jewgenij Jewtuschenko lakonisch feststellen konnte: "Die Intelligenz singt Gangsterlieder."

Auch Wyssotzkij und seine Freunde von der Schauspielschule sangen "blatnye pesni", Gaunerlieder. Wyssotzkij schrieb manche Texte um und verfaßte eine Reihe von Liedern in genau diesem Stil, so daß es heute manchmal schwierig ist, ein "echtes" Produkt aus dem Milieu von

einem Wyssotzkij-Text zu unterscheiden. Nicht zuletzt deshalb werden ihm viele fremde Lieder zugeschrieben.
Obwohl sich Wyssotzkij bald anderen, eigenen Themen zuwandte, blieb der Jargon Bestandteil seines poetischen Lexikons, und späte, sehr reife Arbeiten kehren in das Milieu zurück. Aus ihnen spricht nicht mehr die einstige Freude am rauhen, ungezügelten Leben der Diebe und Zuhälter, sondern sie enthalten deutliche politische Aussagen wie zum Beispiel das späte Gedicht *Das Dampfbad*: Ein aus der Lagerhaft entlassener einstiger Parteigänger Stalins will sich in der russischen Banja vom heißen Dampf die Zunge lösen lassen und sich die "kalte Vergangenheit" aus dem Leibe schwitzen.
Seine unverhohlene Sympathie für die aus der Bahn Geworfenen, die Penner und Goldwäscher, Quartalssäufer und Gelegenheitsarbeiter, rettete Wyssotzkij über die frühe Zeit der Gaunerlieder hinweg. In der Sprache dieser Kreise wußte er so überzeugend aufzutreten – auch hier zeigte sich sein schauspielerisches Talent –, daß man ihn oft fragte, ob er im Gefängnis gewesen sei, ob er im Bergwerk gearbeitet habe, ob er zur See gefahren sei. Da er viele seiner Lieder in der ersten Person schrieb und sang, identifizierte ihn sein Publikum um so eher mit den "Helden" seiner Texte.
Zu den "blatnye pesni" hat sich Wyssotzkij auch später immer bekannt. So kündigte er in einem Konzert in Toronto ein Potpourri aus eben diesen Liedern an, "von denen ich mich nie distanziert habe, obwohl einige Leute mir deshalb manches andichten wollten. Ich bin der Meinung, daß diese Lieder mir enorm geholfen haben bei der Arbeit an der Form, der sprachlichen Läuterung, der bewußt gewählten Schlichtheit ("primitivizacija") der Melodie, denn das alles soll ja nicht nur ins Ohr, sondern auch in die Seele gehen."
Die Idee, eigene Gedichte zur Gitarre vorzutragen, stammte von Bulat Okudschawa. Okudschawa, 1924 als

Sohn einer Armenierin und eines Georgiers geboren und in Moskau aufgewachsen, war wohl der erste, der seine Verse – zunächst nur im Freundeskreis – zur Gitarre vortrug. Wyssotzkij, der sich wie fast alle seine Altersgenossen mit Poesie beschäftigte, hörte ihn und war sofort überzeugt von den Möglichkeiten, die Gesang und rhythmische Begleitung bei der "Veröffentlichung" von Versen boten. Nach Versuchen mit Klavier und Akkordeon lernte er Gitarre spielen und verfaßte seither kaum mehr ein Gedicht, das nicht auch zu singen gewesen wäre.
Obwohl Bulat Okudschawa in seinen melancholischen, sehr melodischen Liedern zumeist lyrische Töne anschlägt, von Alltagssprache und Gauneridiom weit entfernt ist, hat Wyssotzkij ihn seinen "geistigen Taufpaten" genannt, dem er den entscheidenden Anstoß zu seiner schöpferischen Entwicklung verdankt. Ein Lied verfaßte er übrigens "im Stil Okudschawas", das *Lied von der zarten Wahrheit*, eine Art Gleichnis, in dem er Wahrheit und Lüge personifiziert. (Es gibt viele Texte von Okudschawa, in denen Abstrakta, allen voran Glaube, Hoffnung und Liebe, als Personen agieren.)
Die ungleichen Kollegen Okudschawa und Wyssotzkij sind die prominentesten Vertreter der "avtorskaja pesnja", des sowjetischen Autorenliedes, das als kleine Kunstform Ende der fünfziger Jahre, Anfang der sechziger Jahre entstand und rasch außerordentlich populär wurde. Text, Melodie und Vortrag stammen aus einer Hand, anders als beim Buch kommen Autor und Hörer immer zusammen. Von dem engen und unmittelbaren Kontakt zum Publikum lebt das gesungene Gedicht. Der Autor ist direkt mit den Reaktionen seiner Zuhörer konfrontiert, während des Auftritts kann er sein Repertoire verändern, Melodien und Texte variieren.
Was Robert Roschdestwenskij im Vorwort zur sowjetischen Wyssotzkij-Anthologie "Nerv", 1981, schreibt, gilt wohl für alle Gedichtsänger: "Man kann sagen, daß

die Tür zu seinem schöpferischen Laboratorium immer weit offen stand. Er agierte stets vor aller Augen, mit jedem großen Wurf und jedem Versagen, mit seinen glücklichen Einfällen und seinen Einbrüchen, mit all seinen Zweifeln und seiner ganzen Überzeugtheit . . . Nie sang er seine Lieder von oben herab, nie stand er über dem Zuschauer, dem Zuhörer. Und die Bühne . . . war für ihn kein Piedestal, sondern ein Platz, auf dem man ihn schlicht und einfach besser sehen konnte. Und außerdem sein Arbeitsplatz . . .“

Den langen und oft mühevollen Weg, den ein Gedicht vom Autor über Redaktionen und Verlage und den Schreibtisch des Zensors zum Leser nimmt, umgeht das Autorenlied. Es kommt mit dem Autor zum Publikum, ohne daß sich jemand dazwischenschalten, Änderungen verlangen oder alles verhindern könnte. Oft genug hat das Autorenlied wie ein kleines, wendiges Boot Konterbande zum Publikum geschmuggelt. Und solange diese Kunstform nicht auf große Tournee geht, wird sie wohl auch subversiv bleiben. So verwundert es nicht, daß Wyssotzkij sie mit inhaltlichen, ja moralischen Kriterien belegte, indem er sie ”aufrichtig und spontan“ nannte: Ihre Vorzüge gegenüber dem gedruckten Wort machten sie besonders zum Vehikel unorthodoxer Anschauungen. Das Autorenlied war ein echtes Kind des Tauwetters und formulierte den Aufbruch einer ganzen Generation.

Bei allem, was an ihm neu war, wurzelte es doch zugleich tief in der Tradition. Seit jeher stand der öffentliche Vortrag von Gedichten in Rußland hoch im Kurs. Außerdem hat die Vertonung von Versen in der russischen Musik immer eine große Rolle gespielt. Gedichte von Puschkin bis Jewtuschenko erklingen in sowjetischen Konzertsälen, mal klassisch, mal verrockt.

Wyssotzkij sang seine Lieder meist im privaten, oder besser gesagt, nichtöffentlichen Kreis, in Fabrikhallen auf Einladung der Belegschaft, im Foyer des Taganka nach der Vorstellung, in Clubs oder Wohnheimen. Öffentliche, plakatierte Konzerte in großen Sälen oder Stadien, die er mühelos gefüllt hätte, wurden ihm nur ein- oder zweimal zugestanden. Seine Anhänger empörten sich über diese Einschränkung; doch vielleicht wäre Wyssotzkij nie der geworden, den sie so verehrten, hätte er die volle Unterstützung der Obrigkeit genossen. Denn auf Kassetten aufgenommen und millionenfach kopiert erlangten seine Lieder eine ungeheure, von keiner Behörde mehr zu kontrollierende Verbreitung. Auch andere Autoren versuchten, sich dieses Prinzip nutzbar zu machen. Analog zum "samizdat", dem in der Sowjetunion nicht erlaubten, aber doch praktizierten Selbstverlag, begann man bald vom "magnitizdat", der Publikation mit Hilfe des Kassettenrecorders ("magnitofon") zu sprechen.

Wie soll man diese singenden Dichter im Deutschen nennen? Es ist schwer, den treffenden Ausdruck zu finden: Liedermacher – wäre zu sehr an deutsche Kultur gebunden, Chansonnier – zu sehr an die französische, obwohl man vielleicht am ehesten noch Okudschawa einen Chansonnier nennen könnte. Barde, Bänkelsänger – klingt nicht heutig genug, Gedichtsänger – ist ein zwar treffendes, aber kein schönes Wort.

Wyssotzkij und Okudschawa sind nicht die einzigen, die seit Ende der fünziger Jahre ihre Gedichte singen. Zu den bekannteren gehören Nowella Matwejewa, Julij Kim, Alexander Dolskij, Jurij Vizbor und Alexander Galitsch. Galitsch, einst anerkannter Autor in der Sowjetunion, ist der Dissident unter den Gedichtsängern. Aus Enttäuschung über Eingriffe der Zensur und das Verbot einiger seiner Theaterstücke wandte er sich Anfang der sechziger Jahre dem Autorenlied zu. Es wurde für ihn zum Forum seiner offenen Oppositon gegen das sowjetische System. Nach Auftrittsverbot und Ausschluß aus dem Schriftstellerverband verließ Galitsch 1974 die So-

wjetunion. Drei Jahre später starb er an den Folgen eines Unfalls in seiner Pariser Wohnung.
Wyssotzkij ist zweifellos der populärste unter den singenden Dichtern der Sowjetunion. Es war nicht zuletzt seine Arbeit am Moskauer Taganka Theater, die ihn gefördert und berühmt gemacht hat. Dem jungen Schauspieler boten sich von Anfang an große Rollen in Inszenierungen, auf die bald die sowjetische und internationale Theaterwelt schaute, und seine Lieder gelangten hier zum ersten Mal vor ein größeres Publikum. Ljubimow baute Wyssotzkijs Auftritte in seine Stücke ein, sie wurden zum Bestandteil fast jeder Produktion, zum Markenzeichen des Hauses.
Hatte Wyssotzkij das Autorenlied für sich entdeckt, so kann man die Theaterarbeiten seines Freundes und Förderers Ljubimow, der 1964 mit einer Gruppe von Absolventen der Schauspielschule das Taganka Theater gegründet hatte, mit gutem Recht Autorentheater nennen. Unzufrieden mit der zeitgenössischen sowjetischen Dramenliteratur schrieb er seine Stücke selbst, oft auf der Grundlage lyrischer oder erzählender Werke. So entstanden "Schuld und Sühne" nach Dostojewskijs Roman oder "Zehn Tage, die die Welt erschütterten" nach dem Revolutionsroman von John Reed. Ljubimows Montagen aus Werken russischer Dichter – Andrej Wosnessenskij, Majakowskij, Jessenins Pugatschow-Poem, Texte aus der Zeit des Zweiten Weltkrieges – schrieben Theatergeschichte.
Seine Inszenierungen standen nie für sich allein; er zitierte sich selbst, ließ Figuren und Dekorationen seiner Stücke in anderen Zusammenhängen wieder auftauchen. Ein Verfahren, die Kontinuität der eigenen Arbeit deutlich zu machen, das seinen Höhepunkt 1977 in der szenischen Montage "Der Meister und Margarita" nach Michail Bulgakows gleichnamigem Roman fand.
Wyssotzkij verfuhr ähnlich. Auch er liebte das Selbstzitat,

Wyssotzkij (Mitte) und sein Freund und Förderer Jurij Ljubimow (rechts) auf Gastspielreise 1977 in Paris

Wyssotzkij als Lopachin in Tschechows "Kirschgarten", inszeniert von Anatolij Efros, mit der Schauspielerin Alla Demidowa

spielte auf frühere Lieder an, schrieb Fortsetzungen, die er seine "zweiteiligen“ Lieder nannte: Der hoffnungsvollen *Wolfsjagd*, in der ein Wolf der Jagdmeute entkommt, folgte Jahre später die resignierte Fortschreibung *Wo seid ihr, Wölfe?*: Man jagt die Wölfe nun vom Hubschrauber aus, und keiner hat mehr die Chance zu entkommen.

Der Truppe um Ljubimow ging es vor allem um die Frage nach dem Verhältnis zwischen Individuum und Macht. Daher die Begeisterung des Publikums, daher die Konflikte mit der Zensur. Individuum und Macht, Verführung und Unterordnung, Aufbegehren und Selbstbehauptung — das sind auch die Probleme, die Wyssotzkijs Arbeit bestimmt haben und die ihren schärfsten Ausdruck in seiner größten Rolle, im "Hamlet“ fanden. Hamlet war die Rolle seines Lebens. Seit der Premiere 1971 hatte die Inszenierung neun Jahre auf dem Spielplan des Taganka gestanden und bei Gastspielen und Festivals im Ausland hohe Auszeichnungen erhalten. Zweihundertachtzehn Mal war Wyssotzkij-Hamlet zu Beginn der Vorstellung an das frische Grab seines Vaters getreten und hatte das berühmte Gedicht von Boris Pasternak* zur Gitarre gesungen:

Lärm verstummt. Ich trat hinaus zur Bühne.
Angelehnt ans Rahmenholz der Tür
Forsche ich im Nachhall ferner Töne,
Was im Leben noch geschieht mit mir.

Fest auf mich der Nacht tiefdunkle Leere
Sich mit tausend Operngläsern dreht.
Abba, Vater, so es möglich wäre,
Gib, daß dieser Kelch vorübergeht.

Mir ist lieb dein unbeirrbar Planen,
bin den Part zu spielen auch bereit.
Aber jetzt läuft hier ein andres Drama,
Und für dieses Mal laß mich beiseit.

* Nachdichtung von Rolf Dietrich Keil, in: Boris Pasternak, Doktor Schiwago, Frankfurt 1958

Doch durchdacht rückt Akt um Akt nun näher:
Nichts, das sich dem End entgegenstellt.
Bin allein. Ringsum nur Pharisäer. –
Leben ist kein Gang durch freies Feld.

Diese Verse sang Wyssotzkij mit der gleichen berstenden Stimme, mit der gleichen Verausgabung aller Kräfte, mit der er die verzweifelten Monologe Hamlets in den Saal schleuderte. Seine Kollegin Alla Demidowa – sie spielte die Königin Gertrude – erinnert sich: ”Von Anfang an weiß er alles. Er weiß, daß er allein ist. . . . Er ahnt, daß er sterben muß: 'Gib, daß dieser Kelch vorübergeht.' Er geht in seinen Untergang, er kann nicht anders . . . Das ist das Tragische seiner Lage. Wyssotzkij spürte den Rhythmus der Zeit genau, er ging in ihm auf und brachte ihn in seinen Liedern, Gedichten und Rollen zum Ausdruck. Als Hamlet stand er mitten in seiner Epoche, nahm vollkommen Anteil an den Problemen der heutigen Menschheit.“
Trotz eindringlicher Warnungen der Ärzte, die ihm den drohenden Infarkt angekündigt hatten, hörte Wyssotzkij nicht auf zu arbeiten. Während der letzten Hamlet-Vorstellungen hielt sich ein Notarzt hinter den Kulissen bereit; Wyssotzkij konnte nur noch mit Hilfe von Medikamenten auftreten. Als seine Freunde und Kollegen ein Jahr später im Taganka Theater zusammenkamen und ihm zu Ehren einige Szenen aus ”Hamlet“ aufführten, klang ihnen der Shakespeare-Text auf neue Weise, ”er stimmte vollkommen mit Wyssotzkijs Leben überein“, wie Alla Demidowa schrieb.
Mit Wyssotzkijs Tod war am Taganka eine Ära zu Ende gegangen – nichts sollte mehr sein, wie es war. Die Truppe hatte ihren wichtigsten Schauspieler, ihre integrierende Kraft verloren. Der ewig schwelende Konflikt mit den Behörden spitzte sich zu, als der erste Gedächtnisabend für den toten Kollegen am 25. Januar 1981 verboten wurde. Später konnten Wyssotzkij-Gedenkfeiern dann

Neun Jahre lang spielte Wyssotzkij den Hamlet, die Rolle seines Lebens

über die Bühne gehen – die Taganka-Truppe hatte wohl Konzessionen gemacht. Daß solche Veranstaltungen immer noch Behauptungen der Kunst gegen das Reglement und zugleich politische Manifestationen sind, bewies Bulat Okudschawa, der eine Hommage à Wyssotzkij im Januar 1986 zum Anlaß nahm, offen und erstmals öffentlich mit Stalin abzurechnen. Zwei Jahre lang wurde dem Theater keine neue Inszenierung zur Aufführung genehmigt. Ljubimow, müde gekämpft, ging 83/84 in die Emigration. Seither arbeitet er an vielen Theatern und Opernhäusern Europas. Der Regisseur Anatolij Efros übernahm die Leitung des verwaisten Hauses an der Taganka.

Als junger Mann – so erzählt Alla Demidowa in einem Artikel der Zeitschrift ”Junost“ – habe Wyssotzkij den Hamlet als selbstbewußten, kräftigen Burschen gespielt, als einen, der das Leben in den Moskauer Hinterhöfen der Nachkriegszeit kennengelernt hatte. Eine zweite Phase, in der er verbissen und aggressiv auftrat, währte nur kurz. Er nahm sein Schicksal an: ”Hamlet ist meine liebste Rolle. Sie ist mir nicht leicht gefallen, und auch jetzt noch fordert sie meine ganze Kraft. Manchmal denke ich: Nein, das ist das letzte Mal, das halte ich nicht länger aus . . . Ich spiele keinen Dänenprinzen, ich versuche, einen heutigen Menschen, vielleicht mich selbst zu zeigen. Doch was ist das für ein schwieriger Weg zu mir gewesen!“
Jurij Ljubimow sagte in einem Radio-Interview, Wyssotzkij habe Hamlet als Menschen dargestellt, der stärker als andere an den Widersprüchen seiner Zeit leide: ”Wyssotzkijs Hamlet war ein Dichter.“ Sein oder nicht sein – das ist immer auch die Frage gewesen, die sich die russischen Dichter stellen mußten. In seinem Lied *An die Dichter* erinnert Wyssotzkij daran, wie gefährdet ihr Leben stets gewesen ist: ”Wer tragisch um sein Leben

Wyssotzkij als Hamlet in einer der ersten Aufführungen Anfang der siebziger Jahre

Wladimir Wyssotzkij, Bulat Okudschawa, Jurij Ljubimow

kommt, ist wahrlich ein Poet.“ Puschkin und Lermontow starben jung im Duell, Jessenin und Majakowski nahmen sich in jungen Jahren das Leben, 1937 erreichte Stalins blutige Raserei gegen die Intelligenz des Landes ihren Höhepunkt; Hunderte, ja Tausende von Schriftstellern und Dichtern mußten ihr Leben lassen. In der Sowjetunion hat man ein Bewußtsein davon, daß Dichter gefährlich leben. ”Der Dichter Weg führt über Messerklingen, und wer hört’s, wenn sie verblutend sühnen ihre Taten?“

Im Verhältnis zur Macht gibt es in einer nichtpluralistischen Gesellschaft nur wenig Alternativen: ”Gott will es so. Entweder – oder, stellt er dir die Frage.“ Der russischen Tradition entsprechend sieht das Volk in Wyssotzkij denjenigen, der diesen Konflikt stellvertretend für alle lösen muß. Der russische Dichter – ein Märtyrer, ein exemplarisch Leidender.

Für viele sowjetische Menschen ist zudem nur der ein wahrer Dichter, der die ”Wahrheit“ sagt. Eine seltsame Verknüpfung für westliches Verständnis, wo man die Kunst gewöhnlich nicht an ihrem Wahrheitsgehalt mißt. Die verzweifelte, verbohrte Liebe, mit der viele sowjetische Menschen immer wieder von Wahrheit sprechen, ist sicher auch Produkt einer Gesellschaft, in der Pluralismus noch nicht Beliebigkeit erzeugt hat und deren Menschen schmerzlich bewußt ist, wie sehr proklamierter Anspruch und Wirklichkeit auseinanderklaffen.

Diesem Wahrheitsbegriff fühlte sich auch Wyssotzkij verpflichtet, und fragt man seine Anhänger nach dem Grund für ihre Verehrung, so heißt es: ”. . . weil er die Wahrheit gesagt hat . . . weil er ausgesprochen hat, was alle denken . . . weil er von uns sang . . . weil er sich nicht geschont hat . . .“ Wo Wahrheit so viel bedeutet, steht der Inhalt, das Thema, die Botschaft im Vordergrund. Alle Form dient nur dem reibungslosen Transport. Oft wies der Sänger darauf hin, daß er Melodie und Rhythmus mit Absicht einfach, ja primitiv halte, um "den Text nicht zu stören". Polemisierte er gegen Schlager, so waren es immer die Texte, die er verächtlich machte und denen er sogar einen "Mangel an Information" vorwarf.

Information – ein Schlüssel für Wyssotzkijs Arbeit. Denn in gewissem Sinne füllen seine Lieder publizistische Lükken. Sie sind die gesungenen Worte eines populären Kolumnisten, der dafür bekannt ist, daß er heiße Eisen anfaßt. Wyssotzkij berührte, wie Jurij Trifonow sagte, "die wunden Punkte" der modernen Sowjetgesellschaft, und Bulat Okudschawa hob seine "kritische Einstellung zur Realität" hervor. Ein sowjetischer Literaturkritiker betonte, Wyssotzkij habe vor allem darauf aufmerksam gemacht, wie nahe das sowjetische Alltagsleben dem Verbrechen sei. Und ein anderer meinte, Wyssotzkijs Verdienst sei es, ein Tabu gebrochen zu haben, das verbietet, "auf die Rohheit in unserem Alltags- und Geistesleben hinzuweisen".

In der Tat griff Wyssotzkij Themen auf, die seinerzeit in der sowjetischen Presse totgeschwiegen wurden. So nahmen zum Beispiel in bezug auf den Alkoholismus seine Texte nur vorweg, was inzwischen selbst die "Prawda" nicht mehr leugnen kann: Verwahrlosung und Elend durch unmäßigen Wodkakonsum. Damit sind Wyssotzkijs Lieder nicht etwa überflüssig geworden. Sein beißender Spott, seine schonungslose Satire, seine Respektlosigkeit vor anerkannten Autoritäten bereiten natürlich größeres Vergnügen als ein drastischer Aufruf zur Nüchternheit.

Mit der Vielfalt seiner Themen entwarf Wyssotzkij ein lebendiges, farbiges Mosaik der heutigen sowjetischen Gesellschaft. Alkohol, Liebe, Gefängnis, Sport, Weltraumflüge und Expeditionen, Fernsehen, Krieg, Arbeit – es gibt kaum ein Thema, mit dem Wyssotzkij sich nicht beschäftigte. Seine Werke sind ein Bild der heutigen Sowjetunion, und zwar weniger ihres äußeren als inneren

Zustands: Für seine Zeitgenossen traf er immer den Nerv. Wyssotzkij, der Chronist seiner Zeit, hat einmal von sich gesagt: "Die Unruhe der Zeit, ihre Widersprüche sind ständig in mir und fordern Ausdruck."
Eine solche Künstlerexistenz ist ein Balanceakt in einer nichtpluralistischen Gesellschaft. Wie weit konnte er gehen, war immer darauf Verlaß, daß seine Popularität ihn schützen würde? Viele seiner Lieder haben das Prekäre seiner Situation zum Thema, zum Beispiel *Der schwarze Mann* und *Freiheit der Gitarre*.
Zu Lebzeiten hatte Wyssotzkij keine nennenswerte Presse, nur ein Bruchteil seiner Lieder – vor allem die über den Krieg und die Liebe – wurde auf Schallplatten gepreßt, immerhin mit einer Auflage von 14 Millionen. Seine Gedichte wurden nicht gedruckt, erst posthum erschien eine Anthologie, das Bändchen "Nerv", mit einer kleinen, dazu noch recht harmlosen Textauswahl. Eine paradoxe Situation angesichts der Millionen, die ihn verehren. Obwohl er auf die Presse nicht angewiesen war, hatte er sich um Veröffentlichungen bemüht und empfand die schleichende Behinderung, die er von den Behörden erfuhr, als empörende Ungerechtigkeit. Was konnte ihm, der so viele Menschen an seiner Seite wußte, an der Anerkennung der Obrigkeit gelegen sein? Ein Bedürfnis nach Sicherheit vielleicht, nach gerechter Behandlung.
Auf der anderen Seite hat gerade die Tatsache, daß ihm keine Orden und Auszeichnungen zuteil wurden, zu seiner Legende, zu seinem Ruf, unbestechlich und aufrichtig zu sein, beigetragen. Demonstrativ und provozierend nannte der Regisseur Nikita Michalkow ihn auf der Trauerfeier "Volkskünstler der UdSSR", das ist die höchste Auszeichnung, die die sowjetischen Kulturbehörden vergeben und die Wyssotzkij, wenn es nach dem Volk gegangen wäre, schön längst erhalten hätte.
In jüngster Zeit ist zu beobachten, daß man versucht,

den verlorenen Sohn "heimzuholen", ein leichtes Spiel nach dessen Tod. Es mehren sich Zeitungsartikel in der Sowjetunion und den "Bruderländern", die Wyssotzkij vor allem als Sänger von Kriegsliedern feiern, als echten Patrioten, als würdigen Sohn seines Vaters, des Offiziers im Ruhestand. Seine anderen Texte kommen nicht vor, und den Schreibern solcher Artikel ist die Verachtung der Wyssotzkij-Anhänger sicher. Bestürzend an diesem bebeschämenden Versuch, den toten Dichter zu vereinnahmen, ist die Tatsache, daß er so etwas geahnt haben muß: Mehr als einmal hat Wyssotzkij, der seine Programme immer mit Liedern über den Krieg eröffnete – "das ist bei mir Tradition" –, gesagt, er schreibe Lieder über diese Zeit, weil Menschen in extremen Situationen wirklich zeigen, wer sie sind, ihren Charakter offenbaren – und nicht, "damit es heißt, 'er hat auch Lieder über den Krieg gemacht'".

Volkstümlich ist Wyssotzkij nicht nur in seinen Helden und Themen. Seine Lieder wurzeln in der mündlich tradierten Volkskunst: Volkslied, Märchen, Fabel, Anekdote, Witz, Gleichnis, Ballade, wie sie auch heute noch in der Sowjetunion lebendig sind. Vieles erinnert an "tschastuschki", zwei- oder vierzeilige Stegreif-Gedichte, oft derb erotischen oder politischen Inhalts, russische Limericks mit einfachem, eingängigem Reim und Rhythmus. Ein anschauliches Beispiel dafür bietet die Märchenparodie *Vom wilden Eber*. Volkstümlich im guten Sinn des Wortes, weit entfernt von Schlittenfahrt und Samowar, hat Wyssotzkij die Grobheiten der Straße literaturfähig gemacht. Er experimentierte nicht mit der poetischen Sprache wie sein heute in New York lebender Landsmann Jossif Brodskij. Er gehört nicht zu den Modernen in dem Sinne, daß er die Syntax aufgelöst, mit Prosa experimentiert hätte. Wyssotzkij ging über den poetischen Fundus, über den der Mann auf der Straße verfügt, nicht hinaus, sondern zeigte im Gegenteil, welche literarischen Reserven, welche Sprengkraft gerade in der groben Sprache des Alltags liegen. Wyssotzkijs Reime sind unverbraucht, er hat wie viele Russen ein ausgesprochen sinnliches Verhältnis zur Sprache, er liebt es, mit ihr zu spielen. Seine Poesie erinnert an "lubki", das sind Lindenholztäfelchen, auf denen einst Volkskünstler krasse Moritaten in einfachen, grellen Bildern erzählten.

Das alles macht es schwer, Wyssotzkij ins Deutsche zu übersetzen. Für den russischen Jargon, für den einfältigen Ton des "prostorečie", der Sprache der einfachen Leute, gibt es keine Entsprechung. Jeder Dialekt wäre im wahrsten Sinne des Wortes zu begrenzt. Die Reime stellen den deutschen Übersetzer vor große Schwierigkeiten, denn als stark flektierte Sprache verfügt das Russische über ein ungleich größeres Inventar an kräftigen, neuen Reimen.

Während seiner Auftritte hat Wyssotzkij oft gesagt: ". . . und jetzt *führe* ich Ihnen ein neues Lied *vor*." In der Tat sind die Lieder des Schauspielers Wyssotzkij Miniaturstücke für das Volkstheater. Im Vorwort zu "Nerv" schrieb Robert Roschdestwenskij: "Stücke mit solchen Rollen hätten vielleicht noch geschrieben werden können . . . Wenn nicht heute, dann morgen, wenn nicht morgen, dann übermorgen. Aber Wyssotzkij wollte nicht bis morgen warten. Er wollte diese Rollen gleich spielen, sofort! Deshalb schrieb er selbst, war sein eigener Regisseur und Interpret. Er hatte es eilig, er probierte die Kleider, Charaktere und Schicksale anderer Leute an – lächerlicher und ernsthafter, praktischer und unbekümmerter, realer und erfundener. Er schlüpfte in ihre Sorgen, Probleme, Berufe und Prinzipien, führte ihre Art zu denken und zu sprechen vor. Er improvisierte, ließ sich hinreißen, übertrieb, neckte, war frech und unterhaltend, enthüllte manches, hieß anderes gut und unterstützte es."

Von den Rollen seiner Lieder fühlten sich viele angesprochen, mit seinen Helden konnten sich viele identifizieren. Es soll vorgekommen sein, daß der Falsche das Rollenangebot annahm. In *Vorbei die Zeit für Vorwort und Präludium* macht sich Wyssotzkij über einen hohen Genossen lustig, der den Dichter in sein Büro kommen läßt. Er muß die *Wolfsjagd* singen. Doch statt der erwarteten Rüge spendet der hohe Genosse Applaus und meint befriedigt: "Du singst ja von mir, von uns allen! Deine Wölfe sind wir.“ Daß er in Wyssotzkijs Fabel eher auf seiten der Jäger zu suchen sei, hat er nicht bemerkt.

Wie die *Wolfsjagd* spielen viele seiner gesungenen Geschichten im Tierreich: Die Fabel als Ausweg, als Umweg, wenn ein direktes Wort unmöglich, zu brisant ist. Seine Lieder von Wölfen und Pferden, vom Sündenbock, der es eines Tages satt hat, für die Missetaten der anderen verprügelt zu werden, von Autos, die als Personen auftreten, muten im Westen vielleicht naiv an oder scheinen bloß amüsant. Wyssotzkijs Publikum aber verstand es, zwischen den Zeilen zu hören und seine vielen Anspielungen aufzunehmen, die Gleichnisse aufzulösen und auf seine Situation zu beziehen.

Wölfe und Pferde sind die Tiergestalten, die man am häufigsten in Wyssotzkijs Fabeln findet: Wölfe sind für ihn Sinnbild eines freien, nicht domestizierten Lebens. Anders als ihre einstigen Brüder, die Hunde, die ihre Freiheit aufgaben und auf der Seite desjenigen, der sie unterworfen hat, stehen, können sie sich dem Menschen, der Macht, nicht unterordnen. Wyssotzkijs Pferde ziehen den Lebenswagen, sie sind ein Teil seiner eigenen widerstreitenden Kräfte: In *Launische Pferde* überträgt er ihnen die Verantwortung für sein in wüstem Galopp dahinjagendes, atemloses Leben.

Über Wladimir Wyssotzkij kursierten und kursieren die abenteuerlichsten Gerüchte — seine alkoholischen Ausschweifungen, seine drastischen Versuche, mit diesem Problem fertig zu werden, seine Ehe mit einer Ausländerin, der französischen Filmschauspielerin Marina Vlady, seine vielen Auslandsreisen, die großen Westwagen, mit denen er durch Moskau raste . . . All das bot natürlich ausreichend Stoff und fand eben auch kein Korrektiv durch Öffentlichkeit. Die meisten seiner Anhänger haben ihn nie gesehen, kannten ihn nur von Konzertmitschnitten. Wyssotzkij selbst reagierte mal belustigt, mal erbittert auf all die Geschichten, die man sich von ihm erzählte, zum Beispiel in *Der schwarze Mann*:

> Zerissen sich das Maul um meine Datsche,
> ich hätte Geld wie Heu. Hier auf der Stelle
> geb ich euch alles her für das Gequatsche.
> Nehmt ohne Aufpreis die Dreizimmer-Zelle.

Im Westen wird Wyssotzkij gern als Dissident gehandelt, wie überhaupt sowjetische Kultur am liebsten am Dissens gemessen wird. Er war zwar ein kritischer Zeitgenosse, der mit einigem Mut auftrat, offen opponiert wie Galitsch hat er nie. Zuviel band ihn an sein Land und dessen Menschen, als daß er irgendwo anders hätte leben können. Er war in der Sowjetunion "kein Fremder", wie die Lyrikerin Bella Achmadulina einmal sagte. Die Ehe mit Marina Vlady eröffnete ihm die Möglichkeit auszureisen. Er blieb, und sein Publikum verehrte ihn auch für diese Treue. Seine Lieder zum Thema Weggehen, Ausbrechen meinen nie die Emigration, sondern wollen Hoffnung machen, sind Aufrufe zur Zivilcourage: In dem Lied *Die fremde Spur* heißt es:

> Nachzügler, schrie ich, wählt wie ich den eignen Weg!
> Doch wenn ihr gern versacken wollt, fahrt weiter stur
> auf eurer alten, ausgelatschten Teufelsspur!

In den letzten Jahren seines Lebens verdichtete sich die Ahnung eines frühen Todes, den er selbstzerstörerisch provozierte. Wyssotzkij rauchte exzessiv, konsumierte Alkohol und Kaffee im Übermaß, von Medikamenten ganz zu schweigen, er arbeitete tage- und nächtelang durch, schlief oft nur zwei, drei Stunden, führte ein rastloses, hektisches Leben, obwohl er wußte, daß er herzkrank war. In seinem Lied *Launische Pferde* heißt es:

Nah am Abgrund, hart am Rand
peitsch ich, jag ich meine Pferde.
Schlucke Nebel, saufe Wind und atemlos
spüre ich entzückt – ich gehe drauf.

Der Schluß lautet: "Hab mein Leben nicht zu Ende gelebt, würd mein Lied gern zu Ende singen."

Brigitte van Kann, Hamburg, Juni 1986

WLADIMIR WYSSOTZKIJ

DIE WOLFSJAGD

Gedichte und Lieder

СКОЛЬКО ЛЕТ, СКОЛЬКО ЛЕТ

Сколько лет, сколько лет
Всё одно и то же:
Денег нет, женщин нет,
Да и быть не может.

Столько лет воровал,
Столько лет старался,
Мне б копить капитал,
Ну а я спивался.

Ни кола, ни двора,
И ни рожи с кожей,
И друзей ни хера,
Да и быть не может.

Сколько лет воровал,
Сколько лет старался,
Мне б скопить капитал,
Ну а я спивался.

Только водка на троих,
Только пика с червой.
Комом все блины мои,
А не только первый.

MANN, DAS IST KEIN LEBEN

Jahrelang, jahrelang
lebte ich vom Klauen.
Niemals Geld, ewig blank,
niemals hübsche Frauen.

Wie banal, wie fatal!
Hab nichts mehr zu hoffen!
Hatt' ich mal Kapital,
hab ich's schnell versoffen.

Armes Schwein, armes Schwein,
halt das Maul und schweige!
Ganz allein, kann das sein?
Freunde? – Fehlanzeige!

Ach, banal, ach, fatal!
Hab nichts mehr zu hoffen!
Hatt' ich mal Kapital,
hab ich's schnell versoffen.

Wodka nur, gleich für drei,
Pik und Cœur daneben.
Was man plant, wird zu Brei.
Mann, das ist kein Leben!

ЭЙ, ШОФЁР, ВЕЗИ В БУТЫРСКИЙ ХУТОР

— Эй, шофёр, вези в Бутырский хутор,
Где тюрьма, да поскорее мчи.
— А ты, товарищ, опоздал, ты на два года перепутал —
Разобрали всю тюрьму на кирпичи.

— Жаль, а я сегодня спозаранку
По родным решил проехаться местам.
Ну, да ладно, что ж, шофёр, тогда вези меня в Таганку,
Погляжу, ведь я бывал и там.

— Разломали старую Таганку,
Подчистую, всю ко всем чертям.
— Что ж, шофёр, давай, верти, крути-верти свою
баранку,
Мы ни с чем поедем по домам.

Подожди, давай сперва закурим,
Или лучше — выпьем поскорей.
Пьём за то, чтоб не осталось по России больше тюрем,
Чтоб не стало по России лагерей.

ahren!
Gefängnis steht!“
sse, seit zwei Jahren
Zeit vergeht!“

nt ich das vergessen!
rtrauter Ort.
Hab gesessen
uch dort!“

nan uns zum Narren?
ır! Jedoch seit wann?“
krad um. Wir fahren
ause, guter Mann.

n erst mal eine
s dir beliebt,
ßland keine
ager gibt.“

* Berüchtigtes Moskauer Gefängnis
+ Früheres Moskauer Gefängnis

НА БОЛЬШОМ КАРЕТНОМ

Где твои семнадцать лет? –
На Большом Каретном.
Где начало твоих бед? –
На Большом Каретном.
Где твой чёрный пистолет? –
На Большом Каретном.
А где тебя сегодня нет? –
На Большом Каретном.

Помнишь ли, товарищ, этот дом?
Нет, не забываешь ты о нём!
Я скажу, что тот полжизни потерял,
Кто в Большом Каретном не бывал.
Ещё бы! Ведь

Где твои семнадцать лет? –
На Большом Каретном.
Где начало твоих бед? –
На Большом Каретном.
Где твой чёрный пистолет? –
На Большом Каретном.
А где тебя сегодня нет? –
На Большом Каретном.

Переименован он теперь,
Стало всё по новой там, верь – не верь.
И всё же, где б ты ни был, где ты ни бредёшь,
Нет-нет, да по Каретному пройдёшь.
Ещё бы! Ведь

Где твои семнадцать лет? –
На Большом Каретном.
Где начало твоих бед? –
На Большом Каретном.

AUF DER BOLSCHOJ KARETNY*

Wo wächst ein Kerl wie du heran?
Auf der Bolschoj Karetny.
Wo fing dein ganzes Unglück an?
Auf der Bolschoj Karetny.
Wo hast du die Pistole her?
Von der Bolschoj Karetny.
Und wo, wo wohnst du jetzt nicht mehr?
Auf der Bolschoj Karetny.

Kennst du das Haus dort vis à vis?
Das kenn ich allzugut sogar.
Nur halb gelebt hat der, der nie
auf der Bolschoj Karetny war,
auf der Bolschoj Karetny.

Wo wächst ein Kerl wie du heran?
Auf der Bolschoj Karetny.
Wo fing dein ganzes Unglück an?
Auf der Bolschoj Karetny.
Wo hast du die Pistole her?
Von der Bolschoj Karetny.
Und wo, wo wohnst du jetzt nicht mehr?
Auf der Bolschoj Karetny.

Die Straße hat man umbenannt,
da ist jetzt alles fremd und neu.
Doch überall, du Bummelant,
gehst du, wo immer es auch sei,
durch die Bolschoj Karetny.

Wo wächst ein Kerl wie du heran?
Auf der Bolschoj Karetny.
Wo fing dein ganzes Unglück an?
Auf der Bolschoj Karetny.

Где твой чёрный пистолет? –
На Большом Каретном.
А где тебя сегодня нет? –
На Большом Каретном.

Wo hast du die Pistole her?
Von der Bolschoj Karetny.
Und wo, wo wohnst du jetzt nicht mehr?
Auf der Bolschoj Karetny.

* Die Bolschoj Karetny ist eine Straße im alten Zentrum von Moskau (heute ulica Jermolowoj). Auf der Bolschoj Karetny fing alles an: Hier wohnte der junge Wyssotzkij, hier entstanden seine ersten Lieder, hier traf er sich mit seinen Freunden Wassilij Schukschin und Andrej Tarkowskij.

РЕБЯТА, НАПИШИТЕ МНЕ ПИСЬМО

Мой первый срок я выдержать не смог.
Мне год добавят, а может быть, четыре.
Ребята, напишите мне письмо,
Как там дела в свободном вашем мире!

Что вы там пьёте? Мы почти не пьём.
Здесь только снег при солнечной погоде.
Ребята, напишите обо всём,
А то здесь ничего не происходит!

Мне очень, очень не хватает вас,
Хочу увидеть милые мне рожи!
Как там Надюха? С кем она сейчас?
Одна? – Тогда пускай напишет тоже.

Страшней быть может только Страшный суд!
Письмо мне будет уцелевшей нитью.
Его, быть может, мне не отдадут,
Но всё равно, ребята, напишите...

FREUNDE, SCHREIBT MIR EINEN BRIEF

Das erste Mal hab ich's nicht ausgehalten.
Jetzt krieg ich ein Jahr mehr, vielleicht auch vier.
Freunde, schreibt mir einen Brief,
wie's euch so geht in eurer freien Welt.

Was trinkt ihr da? Wir trinken hier so gut wie nie.
Hier gibt's nur Schnee, sogar bei heitrem Wetter.
Freunde, schreibt mir über alles,
denn sonst passiert hier nichts.

Ihr fehlt mir sehr, so sehr,
ich möchte eure lieben Fressen wiedersehn.
Was macht Nadjucha? Mit wem ist sie zusammen?
Allein? – Dann soll sie auch was schreiben.

Schlimmer ist wohl nur der Jüngste Tag!
Ein Brief wird meine letzte Rettung sein.
Vielleicht, daß sie ihn mir nicht einmal geben,
doch ganz egal, schreibt, Freunde . . .

ЗА МЕНЯ НЕВЕСТА ОТРЫДАЕТ ЧЕСТНО

За меня невеста отрыдает честно,
За меня ребята отдадут долги,
За меня другие отпоют все песни,
И, быть может, выпьют за меня враги.

Не дают мне больше интересных книжек,
И моя гитара без струны.
И нельзя мне выше, и нельзя мне ниже,
И нельзя мне солнца, и нельзя луны.

Мне нельзя на волю — не имею права —
Можно лишь от двери до стены,
Мне нельзя налево, мне нельзя направо,
Можно только кусок неба, можно только сны.

Сны про то, как выйду, как замок мой снимут,
Как мою одежду снова отдадут,
Как меня там встретят, кто меня обнимет,
И какие песни мне споют.

WEINEN WIRD DIE BRAUT UM MICH

Weinen wird die Braut um mich, die Hände ringen.
Meine Schulden zahlt vielleicht ein Freund für mich.
Stümper werden meine besten Lieder singen.
Meine Feinde lachen und besaufen sich.

Bücher, die ich gern hab, wird man mir nicht geben.
Die Gitarre wird verstauben, saitenleer.
Kann nicht tiefer sinken, darf mich nicht erheben,
Sonne, Mond und Sterne seh ich wohl nicht mehr.

Hab kein Recht auf Freiheit, kann fünf Schritt nur gehe
von der Tür zur Wand in diesem schmalen Raum.
Nicht nach rechts und nicht nach links kann ich mich dreh
nur ein Stück Himmel bleibt mir und – mein Traum.

Nur der Traum, daß bald mein Schloß wird abgenomme
daß man mir die eignen Kleider wiederbringt,
daß, mich zu empfangen, gute Freunde kommen,
und – was für ein Freiheitslied man mir dann singt.

ДАЙТЕ СОБАКАМ МЯСА

Дайте собакам мяса, авось, они подерутся.
Дайте похмельным кваса, может, они перепьются.
Чтоб не жиреть воронам, ставьте побольше пугал,
А чтобы любить, влюблённым дайте укромный угол.
В землю бросайте зёрна, может, появятся всходы.
Ладно, я буду покорным, дайте же мне свободу.

Псам мясные ошмётки дали, а псы не подрались.
Дали пьяницам водки, а они отказались.
Люди ворон пугают, а вороньё не боится.
Пары соединяют, а им бы разъединиться.
Лили на землю воду — нету колосьев, чудо.
Мне вчера дали свободу. Что я с ней делать буду?

GEBT DEN HUNDEN FLEISCH

Gebt den Hunden Fleisch, vielleicht beißen sie sich.
Gebt den Verkaterten Kwas, vielleicht besaufen sie sich.
Stellt mehr Vogelscheuchen auf, daß die Krähen nicht fett werden.
Gebt eine stille Ecke, daß man verliebt sein kann.
Schön, ich werde fügsam sein, gebt mir nur die Freiheit.

Man gab den Hunden Fleischfetzen – sie bissen sich nicht.
Man gab den Säufern Wodka – sie wollten ihn nicht.
Die Menschen scheuchen die Krähen – das Krähenvolk fürchtet sich nicht.
Man vereinigt Paare, die sich besser trennen sollten.
Man wässerte den Boden, doch oh Wunder – es gibt keine Ähren.
Mir hat man gestern die Freiheit gegeben. Was werde ich mit ihr anfangen?

ОНА СКАЗАЛА: »НЕ ЛЮБЛЮ«

Она сказала: »Не люблю«,
А он сказал: »Не может быть«.
Она сказала: »Я не пью«,
А он сказал: »Мы будем пить«.

Когда же выпили вино,
Она сказала: »Дорогой,
Закройте шторы и окно«,
А он сказал: »Пошли домой«.

ICH LIEB DICH NICHT

"Ich lieb dich nicht", sprach sie zu mir.
Ich sagte sanft: "Das kann nicht sein."
Sie sprach: "Ich trink auch nicht mit dir."
Ich sprach: "Du trinkst!" und schenkte ein.

Als wir die Flasche Wein geleert,
bat sie: "Mach Tür und Fenster dicht,
damit der Nachbar nichts erfährt!"
"Geh weg!" rief ich, "ich lieb dich nicht!"

ПРО СЕРЁЖКУ ФОМИНА

Я рос, как вся
Дворовая шпана,
Мы пили водку,
Пели песни ночью,
И не любили мы
Серёжку Фомина
За то, что он
Всегда сосредоточен.

Сидим раз
У Серёжки Фомина –
Мы у него
Справляли наши встречи –
И вот о том,
Что началась война,
Сказал нам Молотов
В своей известной речи.

В военкомате
Мне сказали: »Старина,
Тебе броню даёт
Родной завод »Компрессор«.
Я отказался,
А Серёжку Фомина
Спасал от армии
Отец его, профессор.

Кровь лью я
За тебя, моя страна,
И всё же
Моё сердце негодует:
Кровь лью я
За Серёжку Фомина,

SERJOSCHKA FOMIN

nterhof
e auf.
lig oft
e Lieder.
uns,
esauf.
omin nur,
zuwider.

raf
salsschlag,
rs Traum
erronnen,
getraut –
r mag –
kumpan,
ich begonnen.

stellt vom
riat.
sprach man,
icht verlieren.
… jedoch
der Fomin ließ sich glatt
durch seinen Herrn Papa
vom Frontdienst reklamieren.

Ich wollt ja gern mein Blut
vergießen für mein Land,
doch nicht für Leute, die
nur Vorrechte genießen,
wie Fomin dieser Lump
und dreckige Denunziant,

А он сидит
И в ус себе не дует.

Теперь, небось,
Он ходит по кинам,
Там хроника про нас
Перед сеансом.
Сюда б сейчас
Серёжку Фомина,
Чтоб побыл он на фронте
На германском.

Но наконец,
Закончилась война, –
С плеч сбросили мы
Словно тонны груза.
Встречаю раз
Серёжку Фомина,
А он – Герой
Советского Союза.

der als Etappenschwein
auch kaum wird hungern müssen.

Ins Kino kann er gehn
und sieht die Wochenschau,
möcht wenigstens vom Krieg
sich was berichten lassen.
Schön wär's, man schickte doch
zur Front die feige Sau,
und einem Fritz gelingt's,
ein Ding ihm zu verpassen.

Doch aus war dann der Krieg,
erobert war Berlin.
Erleichtert waren wir,
zu schwer war 's uns geworden!
Ich kam nach Haus und traf
den wackeren Fomin
als Held der Sowjetmacht,
die Brust gespickt mit Orden.

В ГОСПИТАЛЕ

Жил я с матерью и батей на Арбате, здесь бы так.
А теперь я в медсанбате на кровати весь в бинтах.
Что нам слава, что̀ нам Клава-медсестра и белый
свет —
Умер мой сосед, что справа, тот, что слева — ещё нет.

И однажды, как в угаре, мой сосед, что слева, мне
Вдруг сказал: »Послушай, парень, у тебя ноги-то нет«.
Как же так, неправда, братцы, он, наверно, пошутил!
— Мы отрежем только пальцы, — так мне доктор
говорил.

Но сосед, который слева, всё смеялся, всё шутил,
Даже если ночью бредил, всё про ногу говорил.
Издевался, мол, не встанешь, не увидишь, мол, жены,
Поглядел бы ты, товарищ, на себя со стороны.

Если б был я не калека и слезал с кровати вниз,
Я б тому, который слева, просто глотку перегрыз.
Умолял сестричку Клаву показать, какой я стал...
Был бы жив сосед, что справа, он бы правду мне сказал.

IM LAZARETT

Ich lebte bon in Moskau, ach! mit Papa und Mama,
Jetzt lieg ich flach im Lazarett. Und Schwesterchen Klawa
Verbindet mich. Scheißheldentum! Durchs Laken suppt
das Rot.
Mein Nachbar links, der lebt noch. Und der rechte ist schon tot.

Der links hat rumgefiebert: He du, dein Bein ist ab!
Mit seinen blöden Witzen bringt der Kerl mich noch ins Grab.
Vonwegen Bein ab, denkste! Das hab ich selbst gehört:
Wir schneiden bloß die Zehen ab – der Dokter hat's
geschwört.

Mein Nachbar links, der spinnt doch! Der redet mir was ein,
Der phantasiert im Fieber rum von nix als von mein Bein.
Dein Bein ist futsch! und futsch ist dein Weib – sprach
dieses Schwein.
Ich sehe was, was du nicht siehst: Ich seh dein abbes Bein.

Wenn ich nicht so kaputt wär, Mensch, dann spräng ich
aus'm Bett
Und biß dem Kerl die Kehle durch, dann kriegte der sein Fett.
Sagt mir die Wahrheit! Gebt doch mal Antwort, wenn man
fragt!
Mein rechter Nachbar, Schwester, der hätt es mir gesagt.

ОН НЕ ВЕРНУЛСЯ ИЗ БОЯ

Почему всё не так, вроде всё как всегда,
То же небо опять голубое,
Тот же лес, тот же воздух и та же вода,
Только он не вернулся из боя.

Мне теперь не понять, кто же прав был из нас
В наших спорах без сна и покоя.
Мне не стало хватать его только сейчас,
Когда он не вернулся из боя.

Он молчал невпопад и не в такт подпевал,
Он всегда говорил про другое.
Он мне спать не давал, он с восходом вставал,
А вчера не вернулся из боя.

То, что пусто теперь, не про то разговор.
Вдруг заметил я — нас было двое.
Для меня будто ветром задуло костёр,
Когда он не вернулся из боя.

Нынче вырвалась, будто из плена, весна.
По ошибке окликнул его я:
— Друг, оставь покурить, — а в ответ тишина.
Он вчера не вернулся из боя.

Наши мёртвые нас не оставят в беде,
Наши павшие, как часовые.
Отражается небо в лесу, как в воде,
И деревья стоят голубые.

Нам и места в землянке хватало вполне,
Нам и время текло для обоих.
Всё теперь одному, только кажется мне —
Это я не вернулся из боя.

ER KAM NICHT AUS DER SCHLACHT ZURÜCK

Was ist denn anders? Alles scheint wie immer –
derselbe Himmel wölbt sich blau und sacht,
derselbe Wald und überm See derselbe Schimmer,
nur, daß er nicht zurückkam aus der Schlacht.

Nie mehr erfahr ich, wer im Recht war
in hitzigen Debatten durch die Nacht.
Gerade erst begann er mir zu fehlen,
als er nicht mehr zurückkam aus der Schlacht.

Er schwieg zur Unzeit, sang nicht im Takt,
er gab beim Reden nie aufs Thema acht.
Nie gab er Ruhe, störte mich im Schlaf,
doch gestern kam er nicht mehr aus der Schlacht.

Daß es jetzt leer ist, davon red ich nicht,
ich merkte plötzlich: Früher warn wir zwei.
Mir ist, als hätt der Wind das Feuer ausgeweht,
als er nicht zurückkam aus der Schlacht.

Heut brach der Frühling aus wie aus Gefangenschaft.
Irrtümlich rief ich: Laß mir einen Zug
aus deiner Zigarette. Antwort war die Stille.
Heut, als er nicht zurückkam aus der Schlacht.

Unsere Toten stehn uns immer bei,
Gefallene sind unsere treuen Wächter.
Der Himmel spiegelt sich im See, im Wald,
und blau, so blau schimmern die Bäume.

Im Unterstand war Platz genug für zwei –
für zwei ist auch die Zeit vergangen.
Das alles bleibt für einen – doch ich hab gedacht,
daß ich es war, der blieb in dieser Schlacht.

БРАТСКИЕ МОГИЛЫ

На братских могилах не ставят крестов
И вдовы на них не рыдают.
К ним кто-то приносит букеты цветов
И вечный огонь зажигают.

Здесь раньше вставала земля на дыбы,
А нынче — гранитные плиты.
Здесь нет ни одной персональной судьбы —
Все судьбы в единую слиты.

А в вечном огне видишь вспыхнувший танк,
Горящие русские хаты,
Горящий Смоленск и горящий Рейхстаг,
Горящее сердце солдата.

У братских могил нет заплаканных вдов,
Сюда ходят люди покрепче.
На братских могилах не ставят крестов,
Но разве от этого легче!

BRÜDER IM MASSENGRAB

Auf Massengräber setzt man keine Kreuze,
schluchzende Witwen kommen hierher nicht.
Die einen bringen Blumensträuße,
andre entzünden das ewige Licht.

Hier, wo sich einst die Erde bäumte,
liegen jetzt Platten aus Granit.
Keiner ist einzeln dageblieben,
wir sehen Alle hier wie Einen liegen.

Im Schein der Flamme, siehst du, brennt
ein Panzer, Hütten, brennt das ganze Land.
Smolensk in Flammen und der Reichstag brennt.
Im Herzen der Soldaten: Rußlands Brand.

An Massengräbern weinen keine Witwen.
Die Leute hier, die sind von anderem Schlage.
Auf Massengräber setzt man keine Kreuze,
doch leicht fällt keinem seine stumme Klage.

ПЕСНЯ О ЗЕМЛЕ

Кто сказал, всё сгорело дотла,
Больше в землю не бросите семя.
Кто сказал, что земля умерла?
Нет, она затаилась на время.

Материнства не взять у земли,
Не отнять, как не вычерпать моря.
Кто поверил, что землю сожгли?
Нет, она почернела от горя.

Как разрезы, траншеи легли,
И воронки, как раны, зияют,
Обнажённые нервы земли
Неземное страдание знают.

Она вынесет всё, переждёт,
Не записывай землю в калеки.
Кто сказал, что земля не поёт,
Что она замолчала навеки?

Нет, звенит она, стоны глуша,
Изо всех своих ран и отдушин,
Ведь земля — это наша душа,
Сапогами не вытоптать душу.

Кто сказал, что земля умерла?
Нет, она затаилась на время.

erdorben
ch Saat hinein?
abgestorben?
nchmal so zu sein.

bären?
ie das Meer.
rund verheeren.
kummerschwer.

uer von Schützengräben,
f zerwühlt,
droht ihr Leben,
ingehüllt.

n sie ertragen.
elt sei daran,
r klagen,
ehr singen kann!

Aus tausend Wunden, die ihr Leib erlitten,
ertönt ihr Lied, das sie mit Schmerzen stöhnt,
das unsre Seele allen Stiefeltritten
zum Trotz noch singt, an Not und Qual gewöhnt.

Wer sagt, die Erde starb, erstickt vom Leid?
Sie lebt und singt auch unterm Trauerkleid.

В СОН МНЕ ЖЁЛТЫЕ ОГНИ

В сон мне жёлтые огни,
И хриплю во сне я, –
Повремени, повремени,
Утро мудренее.
Но и утром всё не так,
Нет того веселья:
Или куришь натощак,
Или пьёшь с похмелья.
Эх, раз, ещё раз,
Или пьёшь с похмелья.

В кабаках зелёный штоф,
Белые салфетки –
Рай для нищих и шутов,
Мне ж – как птице в клетке.
В церкви смрад и полумрак,
Дьяки курят ладан.
Нет, и в церкви всё не так,
Всё не так, как надо.
Эх, раз, да ещё раз,
Всё не так, как надо.

Я на гору впопыхах,
Чтоб чего не вышло.
А на горе стоит ольха,
А под горою вишня.
Хоть бы склон увит плющом, –
Мне б и то отрада –
Хоть бы что-нибудь ещё,
Всё не так, как надо.
Эх, раз, да ещё раз,
Всё не так, как надо.

ALLES, ALLES IST VERKEHRT

Manchmal seh ich nachts im Traum
goldne Lichter blinken,
so als möcht der nächste Tag
freundlicher mir winken.
Schau ich aber morgens dann
raus aus meiner Kammer,
scheint mir alles ganz verkehrt.
Und aus Katzenjammer
muß ich, muß ich, gottverdammt,
wieder Wodka trinken.

In der Kneipe: Schnaps und Wein,
weiße Servietten.
Bettler-Narren-Paradies.
Wohin sonst mich retten?
In der Kirche: Finsternis,
fade Weihrauchdünste.
Nein, auch dort ist alles nicht
so, wie man sich's wünschte.
Sauf dich voll, Mann, alles ist
nicht, wie man sich's wünschte.

Klettre ich den Berg hinauf,
Schlimmrem zu entgehen,
seh ich einen Kirschbaum da,
dort 'ne Erle stehen.
Wär der Berg efeuumrankt,
wär's ein Grund zum Lachen.
Aber alles ist nicht so,
mich vergnügt zu machen.
Sauf dich voll, Mann, Wodka nur
kann uns fröhlich machen.

Я по полю вдоль реки.
Свет и тьма, нет Бога...
А в чистом поле васильки,
Дальняя дорога.
Вдоль дороги лес густой
С бабами-ягами,
А в конце дороги той
Плаха с топорами.
Эх, раз, да ещё раз,
Плаха с топорами.

Где-то кони пляшут в такт,
Нехотя и плавно.
Вдоль дороги всё не так,
А в конце – подавно.
И ни церковь, ни кабак –
Ничего не свято...
Нет, ребята, всё не так,
Всё не так, ребята.

Laufe ich am Fluß entlang,
ganz von Gott verlassen,
liegt der weite Weg vor mir,
gähnen ferne Straßen.
Längs des Weges schwarzer Wald,
Hexen hör ich heulen.
An des Weges Ende steht
das Schafott mit Beilen.
Sauf dich voll. Am Ende steht
das Schafott mit Beilen.

Pferde traben wie im Takt
schnaufend durch's Gelände.
Schlimm ist's auf dem weiten Weg,
schlimmer noch am Ende.
Kirche, Kneipe . . . einerlei,
nichts ist heilig heute.
Alles, alles ist verkehrt.
Pleite gehn wir, pleite.
Sauft euch voll, sternhagelvoll.
Na sdarowje, Leute!

Melodie, Refrain und einige Zeilen sind einem alten russischen Zigeunerlied entlehnt, das noch heute als Trink- und Tanzlied populär ist.

К ПОЭТАМ

Кто кончил жизнь трагически — тот истинный поэт.
А если раньше срока — в полной мере.
На цифре 26 один шагнул под пистолет,
Другой же в петлю слазил в »Англетере«.

А в 33 Христу — он был поэт, он говорил:
Да не убей, убьёшь — везде найду, мол, —
Но гвозди ему в руки, чтоб чего не сотворил,
Чтоб не писал и ни о чём не думал.

При цифре 37 с меня в момент слетает хмель,
Вот и сейчас, как холодом подуло, —
Под эту цифру Пушкин подгадал себе дуэль,
И Маяковский лёг виском на дуло.

Задержимся на цифре 37, коварен Бог —
Ребром вопрос поставил: или-или...
На этом рубеже легли и Байрон, и Рембо...
А нынешние как-то проскочили.

Дуэль не состоялась или перенесена,
А в 33 распяли, но не сильно,
А в 37 не кровь, да что там кровь — и седина
Испачкала виски не так обильно.

Слабо стреляться! В пятки, мол, давно ушла душа...
Терпенье, психопаты и кликуши!
Поэты ходят пятками по лезвию ножа
И режут в кровь свои босые души.

На слово »длинношеее« в конце пришлось три »е« —
Укоротить поэта, вывод ясен.
И нож в него, но счастлив он висеть на острие,
Зарезанный за то, что был опасен.

AN DIE DICHTER

Wer tragisch um sein Leben kommt, ist wahrlich ein Poet,
ein Dichterfrühtod ist eben gescheiter.
Mit 26 unterbrach ein Schuß des einen Weg*,
im ''Angleterre''+ erhängte sich ein zweiter.

Auch Jesus war ein Dichter. Mit 33 Jahr
sprach er: Du sollst nicht töten, denn ich seh dich!
Man schlug ihn an das Kreuz dafür und bannte die Gefahr,
denn seine Lehre galt als äußerst schädlich.

Die Ziffer 37 bracht so manchen schon zur Höll,
ernüchternd läßt's auch mich jetzt kalt erschaudern.
Bei dieser Zahl fiel Alexander Puschkin im Duell.
Und Majakowski schoß ohne zu zaudern.

Verweilen wir bei 37, denn Gott will es so.
Entweder – oder, stellt er dir die Frage.
An dieser Hürde scheiterten einst Byron und Rimbaud,
doch heute sind die Dichter Herr der Lage.

Sie sagen die Duelle ab, verschieben sie vielleicht,
mit Samthandschuhen kreuzigen die Richter.
Mit 37 Lenzen fließt kein Blut, und auch nur leicht
versilbert sind die Schläfen unsrer Dichter.

Zu feig zu schießen seid ihr! Faßt euch doch ein Herz . . .
Geduld, Hysteriker und Psychopathen!
Der Dichter Weg führt über Messerklingen, und wer hört's,
wenn sie verblutend sühnen ihre Taten?

Die lange Zaubererin wird zur Zauberin erklärt,
und auch den Dichter will man so beschneiden.
Er hängt am Dolch und fühlt sich dabei noch geehrt.
Man fürchtet ihn. Er darf nun endlich leiden!

Жалею вас, приверженцы фатальных дат и цифр,
Томитесь, как наложницы в гареме.
Срок жизни увеличился, и может быть, концы
Поэтов... отодвинулись на время.

Ihr tut uns leid, die ihr an schicksalhaften Zahlen hängt,
ihr glaubt wie Sklaven, alles käm von oben.
Das Leben hat den alten Maßstab für die Zeit gesprengt –
der Dichter Frist ist nun vielleicht verschoben.

* In diesem Alter wurde der russische Dichter Michail Lermontow im Duell getötet.

+ Am 27.12.1925 erhängte sich der russische Dichter Sergej Jessenin im Leningrader Hotel "Angleterre" im Alter von 26 Jahren.

Я НЕ ЛЮБЛЮ

Я не люблю фатального исхода,
От жизни никогда не устаю.
Я не люблю любое время года,
Когда весёлых песен не пою.
Я не люблю открытого цинизма,
В восторженность не верю, и ещё,
Когда чужой мои читает письма,
Заглядывая мне через плечо.

Я не люблю, когда наполовину,
Или когда прервали разговор.
Я не люблю, когда стреляют в спину,
Я также против выстрелов в упор.
Я ненавижу сплетни в виде версий,
Червей сомненья, почестей иглу,
Или когда всё время против шерсти,
Или когда железом по стеклу.

Я не люблю уверенности сытой,
Уж лучше пусть откажут тормоза!
Досадно мне, что слово »честь« забыто,
И что в чести наветы за глаза.
Когда я вижу сломанные крылья,
Нет жалости во мне и неспроста:
Я не люблю насилье и бессилье,
Вот только жаль распятого Христа.

Я не люблю себя, когда я трушу,
Досадно мне, когда невинных бьют.
Я не люблю, когда мне лезут в душу,
Тем более, когда в неё плюют.
Я не люблю манежи и арены,
На них мильон меняют по рублю.
Пусть впереди большие перемены –
Я это никогда не полюблю.

DAS KOTZT MICH AN

Zum Selbstmord lasse ich mich nicht verleiten,
vom Tod zu singen bin ich auch nicht scharf.
Zuwider sind mir jene Jammerzeiten,
wenn man malade ist, nicht saufen darf.
Zutraulichkeit erweckt nicht mein Vertrauen.
Von Zynikern im amtlichen Talar
laß ich mir ungern in die Karten schauen,
von Schnüfflern lesen meine Briefe gar.

Ich lasse mir nicht gern das Maul verschließen,
schweig nicht, wenn man im Satz mich unterbricht.
Nur ungern laß ich mich von vorn erschießen,
doch auch von hinten lieb ich so was nicht.
So wie ich Tratsch in allen Formen hasse,
empfind ich Ehrennadeln nur als Stich,
als kratz' ein Messer über Glas, als lasse
ich streicheln mir das Fell gegen den Strich.

Da ich nicht satte Sicherheit begehre,
mag's sein, daß meine Bremse mal versagt,
wenn man den wahren Sinn des Wortes "Ehre"
vergißt, verfälscht und zu beschmutzen wagt.
Für Demutstypen mit gebrochnen Flügeln
fühl ich zu Recht niemals Barmherzigkeit.
Gewaltlos ist Gewalt zwar nicht zu zügeln,
doch mir ist's gleich . . . nur Christus tut mir leid.

Als miesen Feigling würde ich mich hassen,
ließe ich zu, daß man Unschuldige schlägt.
Von keinem möcht ich mich lobhudeln lassen,
der sonst auf Menschlichkeit zu spucken pflegt.
Der ewige Zirkus, wo wie Seifenblasen
Versprechen platzen, juble, wer da kann.
Große Veränderungen? – Nichts als Phrasen.
Das alles mag ich nicht, das kotzt mich an.

БАНЬКА ПО-БЕЛОМУ

Протопи ты мне баньку по-белому,
Я от белого свету отвык.
Угорю я, и мне, угорелому,
Пар горячий развяжет язык.

Протопи ты мне баньку, хозяюшка,
Раскалю я себя, распалю,
На полоке у самого краюшка
Я сомненья в себе истреблю.

Разомлею я до неприличности,
Ковш холодный — и всё позади.
И наколка времён культа личности
Засинеет на левой груди.

Протопи, протопи ты мне баньку по-белому,
Чтоб я к белому свету привык.
Угорю я, и мне, угорелому,
Пар горячий развяжет язык.

Сколько веры и лесу повалено,
Сколь изведано горя и трасс.
Как на левой груди профиль Сталина,
А на правой — Маринка в анфас.

Эх, за веру мою беззаветную
Сколько лет отдыхал я в раю,
Променял я на жизнь беспросветную
Несусветную глупость мою.

Протопи, протопи ты мне баньку по-белому,
Я от белого свету отвык.
Угорю я, и мне, угорелому,
Пар горячий развяжет язык.

DAS DAMPFBAD

Heiz mir ein heißes Dampfbad ein,
entwöhnt bin ich der schönen weiten Welt.
Ich bin benebelt und da hilft allein,
daß heißer Dampf das Dunkel mir erhellt.

Frau Wirtin, mach das Dampfbad heiß.
Ich glüh vom Zeh bis an die Ohren,
sitz auf der Kante, drück den Steiß,
schwitz Zweifel raus aus allen Poren.

Ich bin so schlaff, daß es mir graut –
ein kalter Guß erfrischt die Äderchen.
Auf meiner linken Brust erblaut
das tätowierte große Väterchen.

Heiz mir ein heißes Dampfbad, heiz mir ein,
und ich gewöhn mich an die schöne weite Welt.
Ich bin benebelt und da hilft allein,
daß heißer Dampf das Dunkel mir erhellt.

Das Leid erbaute Trassen für Giganten.
Der Glaube fiel wie Wälder, Baum für Baum.
Links auf der Brust, der, den wir nun erkannten,
rechts die Marinka, mein und aller Traum.

Was brachte mir mein treuer Glaube ein,
wieviele Jahre Ruhelohn im Paradies?
Ich tauschte nur die große Dummheit ein
gegen ein enges, finsteres Verlies.

Heiz mir ein heißes Dampfbad, heiz mir ein,
entwöhnt bin ich der schönen weiten Welt.
Ich bin benebelt und da hilft allein,
daß heißer Dampf das Dunkel mir erhellt.

Вспоминаю, как утречком раненько
Брату крикнуть успел: »Пособи!«
И меня два красивых охранника
Повезли из Сибири в Сибирь.

А потом на карьере ли, в топи ли,
Наглотавшись слезы и сырца,
Ближе к сердцу кололи мы профили,
Чтоб он слышал, как рвутся сердца.

Не топи ты мне баньку по-белому,
Я от белого свету отвык.
Угорю я, и мне, угорелому,
Пар горячий развяжет язык.

Ох, знобит от рассказов до тошного,
Пар мне мысли прогнал от ума.
Из тумана холодного прошлого
Окунаюсь в горячий туман.

Застучали мне мысли под темечком,
Получилось, я зря им клеймён...
И хлещу я берёзовым веничком
По наследию мрачных времён.

Протопи ты мне баньку по белому,
Я от белого свету отвык.
Угорю я, и мне, угорелому,
Пар горячий развяжет язык.

Des schönen frühen Morgens eingedenk:
Mein Hilfeschrei, man schafft mich fort.
Der alte Spitzelgriff ans Handgelenk.
Zerrt nur, Sibirien ist hier wie dort.

Danach, im Steinbruch oder Moor
war'n Becher voller Tränen das Gewohnte.
So nahe unsern Herzen war sein Ohr,
daß er sie brechen hören konnte.

Heiz mir kein heißes Dampfbad ein,
entwöhnt bin ich der schönen weiten Welt.
Ich bin benebelt und da hilft allein,
daß heißer Dampf das Dunkel mir erhellt.

Ach, die Geschichten sind zum Spein.
Dampf treibt Gedanken aus dem Schädel.
Die kalten Tage damals tausch ich ein
gegen ein Dampfbad, heiß und edel.

Ja, die Gedanken hämmern laut.
Umsonst trag ich sein Bild, das Mal.
Mit Birkenzweigen peitsche ich die Haut,
dies finstre Erbe aus der Zeit der Qual.

Heiz mir ein heißes Dampfbad ein,
entwöhnt bin ich der schönen weiten Welt.
Ich bin benebelt und da hilft allein,
daß heißer Dampf das Dunkel mir erhellt.

У МЕНЯ ГИТАРА ЕСТЬ

У меня гитара есть,
Расступитесь, стены,
Век свободы не видать
Из-за злой фортуны.
Перережьте горло мне,
Перережьте вены,
Но только не порвите
Серебряные струны.

Я зароюсь в землю,
Сгину в одночасье.
Эх, кто бы заступился
За мой возраст юный!
Влезли ко мне в душу,
Рвут её на части,
Эх, только б не порвали
Серебряные струны.

Но гитару унесли,
С нею и свободу.
Упирался я, кричал:
»Сволочи! Паскуды!
Вы втопчите меня в грязь,
Бросьте меня в воду,
Только не порвите
Серебряные струны«.

Что же это, братцы,
Не видать мне, что ли
Ни денёчков светлых,
Ни ночей безлунных?
Загубили душу мне,
Отобрали волю,
А теперь порвали
Серебряные струны.

FREIHEIT DER GITARRE!

Freiheit, Freiheit! Hände weg!
Freiheit der Gitarre!
Bei der Freiheit, der wir zwei
unser Leben weihten,
schneidet mir die Adern durch,
reißt mir aus die Haare,
aber schont, zerreißt mir nicht
meine Silbersaiten!

Locht mich ein! Mundtot gemacht,
sterb ich Stund um Stunde.
Kümmert sich auch keiner drum
wie zu alten Zeiten,
bohrt mir Löcher ins Gehirn,
foltert mich, ihr Hunde,
aber schont, zerreißt mir nicht
meine Silbersaiten!

Ach, sie stießen mich ins Loch,
rissen aus den Händen
die Gitarre mir. Ich schrie:
Bringt mich um die Ecke,
schlagt mich tot, zertretet mich!
Mag ich hier verrecken,
doch die Silbersaiten laßt
heil, ihr Hurenböcke!

Sonne, Mond und Sterne seh
ich vielleicht nie wieder.
Seit man mir die Freiheit nahm,
kommt mir aus der Kehle
nicht ein Lied mehr! Ganz verstummt
bin ich, liebe Brüder.
Ach, mit der Gitarre Klang
starb auch meine Seele.

НИКАКОЙ ОШИБКИ

На стене висели в рамках
Бородатые мужчины,
Всё в очёчках на цепочках,
По-народному, в пенсне.
Все они открыли что-то,
Все придумали вакцины,
Так что если я не умер, —
Это всё по их вине.

Доктор молвил: »Вы больны« —
И мгновенно отпустило,
И сердечное светило
Улыбнулось со стены.
Здесь не камера, палата,
Здесь не нары, а скамья,
Не подследственный, ребята,
А исследуемый я.

И хотя я весь в недугах,
Мне не страшно почему-то,
Подмахну, давай, не глядя,
Медицинский протокол.
Мне приятель — Склифософский,
Основатель института,
Или вот товарищ Боткин —
Он желтуху изобрёл.

В положении моём
Лишь чудак права качает,
Доктор, если осерчает,
Так упрячет в жёлтый дом.
Правда, в доме этом сонном
Нет дурного ничего —

FEHLERFREI

In den Rahmen an der Wand,
hingen Männer mit viel Bart,
mit Kettchen und Brillen, imposant,
oder – im Volkston – mit Pincenez, apart.
Die haben alle was entdeckt,
zum Beispiel Vakzination –
und bin ich heut noch nicht verreckt,
verdank ich es ihrer Passion.

Der Doktor sagte: "Sie sind krank!"
und augenblicks war ich zufrieden.
Die Herren lächeln von der Wand,
hier ist kein Knast, hier kannste liegen,
hier wirst du auf keine Pritsche geschafft,
hier liegt man weich und keiner flucht,
das ist nicht Untersuchungshaft,
hier wirst als Gast du untersucht.

Obwohl es mir fast überall gebricht,
hier bleibt die Angst mir fern.
Gebt her, ich unterschreibe ungeprüft,
der Medizin verschreibe ich mich gern.
Sklifossowskij*, der das Institut begründet,
ist mir ein Freund in schweren Stunden.
Genosse Botkin*, den man dicht daneben findet,
hat einst die Gelbsucht selbst erfunden.

Ein Sonderling, wer hier in meiner Lage
Gesetze wälzt und Paragraphen.
Der Doktor steckt mich höchstens ein paar Tage
ins Irrenhaus – um auszuschlafen.
Das ist das Paradies auf Erden,
du hast die Wahl, was aus dir werde:

Хочешь – можешь стать Буднным,
Хочешь – лошадью его.

– Я здоров, даю вам слово.
Только здесь не верят слову.
Вновь взглянул я на портреты
И ехидно прошептал:
– Если б Кащенко, к примеру,
Лёг лечится к Пирогову,
Пирогов бы без причины
Резать Кащенку не стал.

Доктор мой большой педант,
Сдержан он и осторожен:
– Да, вы правы, но возможен
И обратный вариант.
Вот палата на пять коек,
Вот профессор входит в дверь,
Тычет пальцем – »параноик«, –
И пойди его проверь.

Хорошо, что вас, светилы,
Всех повесили на стенку,
Я за вами, дорогие,
Как за каменной стеной.
На Вишневского надеюсь,
Уповаю на Бурденку, –
Подтвердят, что не душевно,
А духовно я больной.
Да, мой мозг прогнил на треть,
Ну, а вы здоровы разве?
Можно вмиг найти болезни,
Если очень захотеть.

Du kannst hier selbst Budjonnyi+ werden
und, wenn du willst, eins seiner Pferde.

Ich bin gesund, darauf geb ich mein Wort.
Hier aber zählen Worte nicht.
Und wieder schau ich auf die Bilder dort
und zische diesen Leuchten ins Gesicht:
"Hätt sich Kaschtschenko* auf eigenes Bitten
in Pirogows* Klinik gelegt zum Genesen,
hätt niemals Pirogow ihn aufgeschnitten,
wär da nicht ein triftiger Grund gewesen."

Mein Doktor aber, ein großer Pedant,
Vorsicht und Umsicht in eigner Person:
"Sie haben die Sache zwar klar erkannt,
doch denkbar wär auch eine andre Version."
So liege ich im Fünfbettzimmer,
die Tür geht auf, der Professor weht herein,
zeigt auf mich mit langem Finger:
"Paranoiker!" – Und das entscheidet der allein!

Daß ihr da hängt, ihr Koryphäen,
an eurer Wand, ist mehr als gut.
Ihr Lieben, werd euch nie verschmähen,
ihr seid mein Schutz, ihr macht mir Mut.
Burdenko* und Wischnewskij* – meine Zuversicht,
ich hoff auf euch, ihr werdet mir bescheinigen:
Es sind des Geistes Wirren nicht,
nur Seelennöte, die mich peinigen.
Ein gutes Drittel ist schon defekt
von meinem Hirn – na und?
Wer will, hat dir schnell ein paar Leiden gesteckt –
oder seid ihr etwa alle gesund?

Род мой крепкий, весь в меня,
Правда, прадед был незрячий,
Свёкор мой белогорячий,
Но ведь свёкор — не родня.
Доктор, мы здесь с глазу на глаз —
Отвечай же мне, будь скор,
Или будет мне диагноз,
Или будет приговор?

Доктор мой и санитары,
И светилы — все смутились,
Заоконное светило
Закатилось за спиной,
И очёчки на цепочке
Даже влагой помутились,
У отца желтухи щёчки
Вдруг покрылись желтизной.

Авторучки острие
Устремилось на бумагу.
Доктор действовал во благо,
Жалко, благо не моё...
Но не лист, перо стальное
Грудь пронзило, как стилет:
Мой диагноз — »паранойя«,
Это значит, пара лет.

Ich stamme aus einem starken Geschlecht,
zugegeben, mein Urgroßvater war blind.
Schwiegervater soff, da ist 's mir recht,
daß solche von anderem Blute sind.
Antworte, Doktor, unter uns beiden,
auf die einzige Frage, die sich hier stellt:
Suchst du bei mir ein richtiges Leiden,
oder wird hier ein Urteil gefällt?

Der Doktor, die Helfer, alle waren betreten,
an der Wand die Leuchten hatten auch nichts zu sagen,
die vor dem Fenster versank ungebeten,
und die Brillen an den Kettchen waren beschlagen.
Auch der Vater der Gelbsucht wurde feucht,
und ich bemerkte: seine Wangen
wirkten verfärbt und waren leicht
ins Gelbliche übergegangen.

Der Füller senkte sich aufs Papier,
es kratzte beim Schreiben die Feder.
Der Doktor schrieb – nicht zum Wohle von mir,
er tat seine Arbeit wie jeder.
Die Feder wurde mir zum Stilett,
durchdrang mich, ich blickte ins Klare:
Paranoia! – schrieb der Doktor fett –
und das heißt: ein paar Jahre.

* Sklifossowskij, Botkin, Kaschtschenko, Pirogow, Burdenko, Wischnewskij: berühmte russische und sowjetische Mediziner, Chirurgen, Hygieniker und Psychiater.

+ Budjonnyj: Chef der berühmten Roten Reiterarmee im russischen Bürgerkrieg.

УГОЛОВНЫЙ КОДЕКС

Нам ни к чему сюжеты и интриги,
Про всё мы знаем, что ты нам ни дашь.
Я, например, на свете лучшей книгой
Считаю кодекс уголовный наш.

И если мне неймётся и не спится,
Или с похмелья нет на мне лица,
Открою кодекс на любой странице,
И не могу – читаю до конца.

Я не давал товарищам советы,
Но знаю я, разбой у них в чести.
Вот только что я прочитал про это:
»Не ниже трёх, не свыше десяти«.

Вы вдумайтесь в простые эти строки,
Что нам романы всех времён и стран?
В них все бараки, длинные, как сроки,
Скандалы, драки, карты и обман.

Сто лет бы мне не видеть этих строчек,
За каждой вижу чью-нибудь судьбу,
И радуюсь, когда статья не очень –
Ведь всё же повезёт кому-нибудь.

И сердце бьётся раненою птицей,
Когда начну свою статью читать.
И кровь в висках так ломится, стучится,
Как мусора, когда приходят брать.

STRAFGESETZBUCH

Ich pfeif auf Advokatenwinkelzüge;
ich weiß recht gut, was die Justiz uns gibt.
Das Strafgesetzbuch sagt mir's zur Genüge.
Als bestes Buch ist's sehr bei uns beliebt.

Wenn ich 'nen Kater hab und kann nicht schlafen,
nehm ich mir irgendeine Seite vor
und freß mich fest in all den Paragraphen.
Im Morgengrauen erst hau ich mich auf's Ohr.

Glaubt nicht, ich möcht Ganoven Rat erteilen.
Raub ist – ich weiß – bei denen so beliebt,
weil's dafür nach gewohnten Strafurteilen
'nen Dreier nur, höchstens 'nen Zehner gibt.

Doch lest einmal die reichlich langen Listen
verbotner Bücher, und ihr wißt genug!
Ein Nichts dagegen sind die kurzen Fristen
für Falschspiel, Rauferei und Scheckbetrug.

Soll das noch hundert Jahr so weitergehen?
Sieht man denn nicht ein menschliches Geschick
bei jeder Frist? – Ist kurz sie aus Versehen,
dann freu ich mich, dann hatte einer Glück.

Riskiere ich's jedoch auch zu befragen
die Paragraphen, die mich selbst bedrohn,
beginnt mein Herz vor Schreck so wild zu schlagen,
als schlügen an die Tür die Bullen schon.

ОХОТА НА ВОЛКОВ

Рвусь из сил и из всех сухожилий,
Но сегодня опять, как вчера,
Обложили меня, обложили,
Гонят весело на номера.

Из-за елей хлопочут двустволки,
Там охотники прячутся в тень.
На снегу кувыркаются волки,
Превратившись в живую мишень.

Идёт охота на волков, идёт охота
На серых хищников, матёрых и щенков.
Кричат загонщики и лают псы до рвоты,
Кровь на снегу и пятна красные флажков.

Не на равных играют с волками
Егеря, но не дрогнет рука.
Оградив нам свободу флажками,
Бьют уверенно, наверняка.

Волк не может нарушить традиций,
Видно, в детстве — слепые щенки,
Мы, волчата, сосали волчицу
И всосали: »Нельзя за флажки«.

Идёт охота на волков, идёт охота
На серых хищников, матёрых и щенков.
Кричат загонщики и лают псы до рвоты,
Кровь на снегу и пятна красные флажков.

Наши ноги и челюсти быстры.
Почему же, вожак, — дай ответ, —
Мы затравленно мчимся на выстрел
И не пробуем — через запрет?

DIE WOLFSJAGD

Ich renne wieder mit aller Kraft.
Umsonst, wie immer, meine Finten.
Sie kreisen mich ein, sie haben's geschafft:
Sie hetzen mich froh vor die Flinten.

Hinter den Tannen, auf Knall und Fall
sind die Jäger im Schatten versteckt.
Der Wolf ist das Ziel, der Wolf verreckt,
der Wolf überschlägt sich im Schnee.

Jagt die Wölfe, hetzt sie tot,
mit Hund und Haßgesängen.
Es färbt das Blut den Schnee so rot,
wo die roten Lappen hängen.*

Die Jäger spielen ein ungleiches Spiel,
das Spiel mit den roten Attrappen.
Sie treffen mit ruhiger Hand ihr Ziel,
denn der Wolf geht nie durch die Lappen.

Das ist bei den Wölfen ein alter Brauch
und ist doch der Wölfe Verderben.
Das mußten die Wölfe in Kopf und Bauch
schon mit der Muttermilch erben.

Jagt die Wölfe, hetzt sie tot,
mit Hund und Haßgesängen.
Es färbt das Blut den Schnee so rot,
wo die roten Lappen hängen.

Der Wolf ist doch ein starkes Tier
mit Zähnen und mit Klauen.
Warum denn, Leitwolf, sag es mir,
fehlt ihm das Selbstvertrauen?

Волк не может, не должен иначе,
Вот кончается время моё.
Тот, которому я предназначен,
Улыбнулся и поднял ружьё.

Идёт охота на волков, идёт охота
На серых хищников, матёрых и щенков.
Кричат загонщики и лают псы до рвоты,
Кровь на снегу и пятна красные флажков.

Я из повиновения вышел —
За флажки! Жажда жизни сильней!
Только сзади я радостно слышал
Удивлённые крики людей.

Рвусь из сил и из всех сухожилий,
Но сегодня не так, как вчера.
Обложили меня, обложили, —
Но остались ни с чем егеря.

Идёт охота на волков, идёт охота
На серых хищников, матёрых и щенков.
Кричат загонщики и лают псы до рвоты,
Кровь на снегу и пятна красные флажков.

Mein Jäger lächelt vor dem Schuß.
Zum Ziel bin ich geboren.
Man macht mit meinem Leben Schluß,
zieht's Fell über die Ohren.

Jagt die Wölfe, hetzt sie tot,
mit Hund und Haßgesängen.
Es färbt das Blut den Schnee so rot,
wo die roten Lappen hängen.

Jetzt pfeif ich auf diese Tradition
und gehe beherzt durch die Lappen.
Mit meinem Leben auf und davon,
nur Mut, es wird schon klappen.

Ich renne wieder mit aller Kraft,
wenn sie mir Saures geben.
Heut ist es anders, heute lacht
die Freiheit mir, das Leben.

Jagt die Wölfe, hetzt sie tot,
mit Hund und Haßgesängen.
Es färbt das Blut den Schnee so rot,
wo die roten Lappen hängen.

* Der Ausdruck "durch die Lappen gehen" stammt aus der Jagdsprache: Man verhängt den Tieren ein bestimmtes Areal mit Lappen, die bei der Wolfsjagd immer rot sind, da Wölfe besonders das Feuer scheuen. Nur eine Stelle wird offen gelassen; aus ihr brechen die Tiere aus und laufen den Jägern geradewegs vor die Gewehre.

ПРОШЛА ПОРА ВСТУПЛЕНИЙ И ПРЕЛЮДИЙ

Прошла пора вступлений и прелюдий,
Всё хорошо, не вру, без дураков.
Меня зовут к себе большие люди,
Чтоб я им спел »Охоту на волков«.

Быть может, запись слышал из окон,
А может быть, с детьми ухи не сваришь,
Как знать, но приобрёл магнитофон
Какой-нибудь ответственный товарищ.

И предаваясь будничной беседе
В кругу семьи, где свет торшера тускл,
Тихонько, чтоб не слышали соседи,
Он взял да и нажал на кнопку »пуск«.

И там не разобрав последних слов –
Прескверный дубль достали на работе –
Услышал он »Охоту на волков«
И кое-что ещё на обороте.

И всё прослушав до последней ноты
И разозлясь, что слов последних нет,
Он поднял трубку: »Автора »Охоты«
Ко мне пришлите завтра в кабинет«.

Я не хлебнул для храбрости винца
И, подавляя частую икоту,
С порога от начала до конца
Я проорал ту самую »Охоту«.

Его просили дети, безусловно,
Чтобы была улыбка на лице,
Но он меня прослушал благосклонно
И даже аплодировал в конце.

VORBEI DIE ZEIT FÜR VORWORT UND PRÄLUDIUM

Vorbei die Zeit für Vorwort und Präludium,
alles im Lot, ich lüg nicht, schlagt mich krumm.
Hohe Tiere holen mich in ihre Büros
und sagen: " 'Die Wolfsjagd'. Leg los!"

Einer hat im Vorbeigehen was gehört
oder wurde von seinen Kindern gestört.
Egal, ein hoher Genosse gab Order
und crhielt einen Kassettenrecorder.

Etwas war bei ihm hängengeblieben
vom Morgengespräch mit seinen Lieben,
denn klammheimlich, die Luft war rein,
schaltete er das Gerätchen ein.

Die Kopie war von miserabelster Sorte:
Kaum verstand er die letzten Worte.
So hörte er sich "Die Wolfsjagd" an
und noch ein paar Stücke – hintendran.

Hört alles bis zum letzten Akkorde
und noch wütend über die fehlenden Worte,
greift er zum Hörer: "Schafft her den Poeten,
Ich geb ihm die Chance hier aufzutreten."

Kein Wodka heute, den Mut zu wecken,
ein Rülpsen bleibt in der Kehle stecken.
Halb auf der Schwelle, halb im Haus
brülle ich lauthals das Lied heraus.

Natürlich hatten seine Kinder gebeten,
mir nicht gleich in den Hintern zu treten –
doch im Gegenteil, laut klatschte am Schluß
der hohe Genosse. Ihm war's ein Genuß.

И об стакан бутылкою звеня,
Которую извлёк из книжной полки,
Он выпалил: »Да это ж про меня!
Про нас про всех, какие, к чёрту, волки!«

Ну всё, теперь, конечно, что-то будет.
Уже три года в день по пять звонков –
Меня к себе зовут большие люди,
Чтоб я им пел »Охоту на волков«.

Sanft klirrt das Glas in seiner Hand,
das eben noch hinter Büchern stand.
Er platzt heraus: "Du singst ja von mir,
von uns allen. Deine Wölfe sind wir!"

O je, das habe ich nun davon.
Täglich schellt fünfmal das Telefon:
Hohe Tiere holen mich in ihre Büros
und sagen: " 'Die Wolfsjagd'. Leg los!"

А ЛЮДИ ВСЁ РОПТАЛИ И РОПТАЛИ

А люди всё роптали и роптали,
А люди справедливости хотят:
»Мы в очереди первые стояли,
А те, что сзади нас, уже едят«.

Им объяснили, чтобы не ругаться:
Мы просим вас: »Уйдите, дорогие!
Те, кто едят, – ведь это иностранцы,
А вы, прощенья просим, кто такие?«

А люди всё роптали и роптали,
А люди справедливости хотят:
»Мы в очереди первые стояли,
А те, кто сзади нас, уже едят«.

Но снова объяснил администратор:
»Я вас прошу – уйдите, дорогие!
Те, кто едят, – ведь это делегаты,
А вы, прошу прощенья, кто такие?«

А люди всё роптали и роптали,
А люди справедливости хотят:
»Ну как же так, мы в очереди первые стояли,
А те, кто сзади нас, уже едят«.

DIE MENSCHEN MURRTEN

Die Menschen murrten, forderten schon lange
Gerechtigkeit und nicht nur kargen Lohn.
[illegible] der Schlange!
[illegible], essen schon!“

[illegible] euch gar nichts nützen!
[illegible] ab! Was sucht ihr hier!
[illegible] Tisch schon sitzen.
[illegible] seid denn ihr?

[illegible] erten schon lange
[illegible] kargen Lohn.
[illegible] n der Schlange!
[illegible] n, essen schon!“

[illegible] rdnungsmützen:
[illegible] ab! Was sucht ihr hier!
[illegible] n sitzen,
[illegible] id ihr?

[illegible] erten schon lange
[illegible] kargen Lohn.
[illegible] n der Schlange!
[illegible] n, essen schon!“

КОЗЁЛ ОТПУЩЕНИЯ

В заповеднике, вот в каком, забыл,
Жил да был козёл, роги длинные.
Хоть с волками жил да не по-волчьи выл,
Блеял песенки всё козлиные.
И пощипывал он травку и нагуливал бока,
Не услышишь от него худого слова...
Толку было с него, правда, как с козла молока,
Но вреда, однако, тоже никакого.
Жил на выпасе, возле озерка,
Не вторгаясь в чужие владения,
Но заметили скромного козлика
И избрали в козлы отпущения.

Например, медведь — баламут и плут —
Обхамит кого-нибудь по медвежьему —
Так враз козла найдут, приведут и бьют,
По рогам ему и промеж ему.
Не противился он, серенький, насилию со злом,
А сносил побои весело и гордо.
Сам медведь сказал: »Ребята, я горжусь козлом,
Героическая личность, козья морда«.
Берегли козла, как наследника,
Вышло даже в лесу запрещение
С территории заповедника
Отпускать козла отпущения.

А козёл себе всё скакал козлом,
Но пошаливать он стал втихомолочку —
Как-то бороду завязал узлом,
Из кустов назвал волка сволочью.
А когда очередное отпущенье получал —
Всё за то, что волки лишку откусили —
Он, как будто бы случайно, по-медвежьи зарычал,
Но внимания тогда не обратили.

DER SÜNDENBOCK

In einem Park – kann mit dem Namen nicht mehr dienen –
lebt unter Wölfen, jedoch brav und bieder,
ein Ziegenbock; der heulte aber nicht mit ihnen,
der meckerte ganz friedlich seine Ziegenlieder,
zupfte gemächlich Gras, wurde langsam dicklich
und nie verließ ein Schimpfwort seinen Mund.
Er nützte keinem, blieb gern brav und schicklich
und gab zu keinen Klagen Grund.
So lebt' er still an einem kleinen See
und nie betrat er boshaft fremdes Land,
er war kein Sündenbock in spe –
und doch: man hat gewählt und ihn ernannt!

Da war der Bär: ein Wirrkopf und Ganove,
der griff in seinem Tone oft sehr frech daneben –
dann suchte man den Bock, der war ja jetzt der Doofe,
um ihm ganz herzhaft Prügel auf die Nuß zu geben.
Dann stand er still, der kleine, graue,
ertrug die Prügel stolz und froh,
daß selbst der Bär, der neunmalschlaue,
sprach: "Unser Bock gefällt mir so,
ein Ziegenmaul, doch heldenhaft!"
Man hegt den Bock wie's eigen Blut
und schaut nach ihm gewissenhaft,
daß er nicht fortzugehn geruht.

So sprang umher der Bock, nach Ziegenart,
doch schon begann ihn Mutwill umzutreiben;
er knüpft sich Knoten in den Bart,
rief "Lump" zum Wolf – nicht ohne im Gebüsch zu bleiben.
Als man ihm seine Sünden wieder mal erließ,
die Wölfe hatten mehr als zugeteilt gefressen,
schrie er wie der Bär. Zufällig? Alle hörten dies
und hatten es schon bald vergessen,

Пока хищники меж собой дрались,
В заповеднике зрело мнение,
Что дороже всех медведей и лис
Дорогой козёл отпущения.

Услыхал козёл, да и был таков, —
Эй, вы, бурые, — кричит, — светло-пегие!
Отниму у вас рацион волков
И медвежие привилегии.
Покажу вам козью морду настоящую в лесу,
Распишу туда-сюда по трафарету,
Всех на роги намотаю и по кочкам разнесу
И ославлю по всему по белу свету.
Не один из вас будет землю жрать,
Все подохнете без прощения —
Отпускать грехи кому — это мне решать.
Это я козёл отпущения.

denn unter den Tieren im Park war Streit –
weshalb ihnen allen sonnenklar,
daß besser als Füchse und Bären zur Zeit
ihr teurer Sündenbock war.

Das hört auch der Bock, und es verändert sein Wesen:
Ihr Braunen, schreit er, ihr mit den Flecken,
eure Bären-Privilegien sind mal gewesen,
und die Wolfsration brauch ich zu anderen Zwecken.
Was ein Ziegenmaul kann, bring ich euch bei,
ich zeig euch, wo's langgeht und mache euch Beine,
ich nehm euch aufs Horn und schlag euch zu Brei
und kassiere den Ruhm dafür ganz alleine!
Dreck sollt ihr fressen, allesamt,
ihr sollt krepieren ohne Vergebung,
ich hab eure Sünden fest in der Hand –
denn ich bin der Sündenbock der Bewegung!

ГДЕ ВЫ, ВОЛКИ?

Словно бритва,
Рассвет полоснул по глазам,
Отворились курки,
Как волшебный сезам,
Появились стрелки,
На помине легки,
И взлетели стрекозы
С протухшей реки.
И потеха пошла —
В две руки.

Полегли на живот
И убрали клыки.
Даже тот, даже тот,
Кто нырял под флажки,
Чуял волчие ямы
Подушками лап,
Тот, кого даже пуля
Догнать не могла б,
Тоже в страхе взопрел,
И прилёг, и ослаб.

Чтобы жизнь
Улыбалась волкам —
Не слыхал,
Зря мы любим её,
Однолюбы.
Вот у смерти —
Красивый широкий оскал
И здоровые крепкие зубы.

Улыбнёмся же
Волчьей ухмылкой врагу,

WO SEID IHR, WÖLFE?

Wie ein blitzendes Messer
erhob sich der blutrote Tag,
und die Meute der Jäger erschien,
die im Hinterhalt lag,
mit den Flinten schon schußbereit,
funkelnd, vom Morgentau naß.
Auf dem faulig stinkenden Flußufer
bebte das Gras
bei dem Aufstieg der Riesenlibellen
und – los ging der Spaß.

Mit verkniffenen Kiefern
kauerten wir auf dem Bauch.
Sogar der, der die Lappen mißachtet hat,
zitterte auch . . .
Der den Kugeln entrann
und der schnellste wohl mochte sein,
mit den Pfoten grub er
sich halb in die Erde schon ein
und machte sich, bebend vor Angst
wie ein Mäuschen klein.

Niemals hab ich gehört,
daß ein Wolfsleben lustig sein kann,
ob wir selbst es uns wünschen
– vergeblich zwar – froh, ohne Tränen.
Doch der Tod, der lächelt
mit breitem Grinsen uns an
mit makellos kräftigen,
teuflisch gesunden Zähnen.

Darum grinsen wir auch,
wenn der Erzfeind uns attackiert,

Псам ещё
Не намылены холки,
Но на татуированном
Кровью снегу
Наша роспись:
»Мы больше не волки!«

Мы ползли,
По-собачьи хвосты подобрав,
К небесам
Удивлённые морды задрав:
Или с неба
Возмездье на нас пролилось,
Или света конец
И в мозгах перекос?
Только били нас в рост
Из железных стрекоз.

Кровью вымокли мы
Под свинцовым дождём.
И смирились, решив —
Всё равно не уйдём.
Животами горячими
Плавили снег,
Эту бойню затеял
Не Бог — человек,
Улетающих — в лёт,
Убегающих — в бег.

Свора псов,
Ты за стаей моей не вяжись,
В равной сваре
За нами удача.
Волки мы —
Хороша наша волчья жизнь,

doch die Schweißhunde
noch nicht fallen über uns her.
Aber wenn unser Blut ringsum
den Schnee tätowiert,
dann jaulen wir: "Wölfe,
nein, Wölfe sind wir nicht mehr!"

Und dann kriechen wir hündisch
mit eingezogenem Schwanz,
unsere Schnauzen verwundert und fragend
gen Himmel gereckt.
Ob der Schöpfer zur Strafe
uns trieb in den Todestanz?
Ist's das Ende der Welt?
Oder nur ein Gehirndefekt?
Warum schießt die Libelle?
Was ist's, was man damit bezweckt?

Unterm Bleiregen mußten wir baden
im eignen Blut
und begriffen: Alles ist aus!
Wir fanden uns ab,
als der Schnee langsam schmolz
von der brennenden Bäuche Glut.
Doch nicht Gott, sondern Menschen
verschuldeten dies Massengrab!
Aber fort flogen sie! Über keinen
brach je ein Richter den Stab.

Doch ihr Bluthunde, hütet euch,
weiter Streit zu riskieren!
Wenn ihr selbst nicht mit Übermacht kommt,
dann gnade euch Gott!
Der Wolf trotzt dem Tod,
um die Freiheit nicht zu verlieren!

Вы – собаки,
И смерть вам – собачья.

Улыбнёмся же
Волчьей ухмылкой врагу,
Чтобы в корне
Пресечь кривотолки,
Но на татуированном
Кровью снегу
Наша роспись:
»Мы больше не волки!«

К лесу! Там хоть немногих
Из вас сберегу.
К лесу, волки!
Труднее убить на бегу.
Уносите же ноги,
Спасайте щенков.
Я мечусь на глазах
Полупьяных стрелков
И скликаю
Заблудшие души волков.

Те, кто жив,
Затаились на том берегу.
Что могу я один? –
Ничего не могу.
Отказали глаза,
Притупилось чутьё.
Где вы, волки,
Былое лесное зверьё?
Где же ты,
Желтоглазое племя моё?

Ihr Köter, ihr sterbt
einen kläglichen Sklaventod!

Mit wölfischem Grinsen
gehn wir den Feinden entgegen,
damit uns die Nachwelt
nicht Feiglinge schimpft hinterher.
Doch unsere Blutspur im Schnee
kann nicht widerlegen
den kläglichen Aufschrei:
"Wir sind keine Wölfe mehr!"

In den Wald! In den Wald!
Ihr letzten, die übrig geblieben!
Je schneller ihr lauft,
um so weniger trifft man euch!
Vergeßt nicht die Jungen,
in Sicherheit bringt eure Lieben!
Die betrunkenen Jäger
lenke ich ab . . . und rufe zugleich
die Verirrten zusammen,
die sich der Freiheit verschrieben.

Ach, nur wenige sind's,
die ans andere Ufer kommen!
Ich schaffte nicht mehr,
was vermag schon einer allein!
Meine Stimme versagt,
ich seh nur noch alles verschwommen.
Gelbäugige Brüder,
hört ihr nicht mein Schrein?
Wo seid ihr, Wölfe,
erschossen, gefangengenommen?

Я живу. Но теперь
Окружают меня
Звери, волчьих
Не знавшие кличей.
Это — псы,
Отдалённая наша родня,
Мы их раньше
Считали добычей.

Улыбаюсь я
Волчьей ухмылкой врагу,
Обнажаю
Гнилые осколки,
А на татуированном
Кровью снегу
Тает роспись:
»Мы больше не волки!«

Ich lebe noch, aber
von Hunden bin ich umzingelt,
die all ihren Herrn
nie haben die Zähne gezeigt,
die alle umschmeicheln,
winselnd, die Schwänze geringelt!
Entfernte Verwandte,
von ähnlichen Eltern erzeugt.

Mit wölfischem Grinsen
blicke ich ihnen entgegen,
entblöße die Zähne,
die stumpf sind schon allzu sehr.
Die Schneespur verweht . . .
Wem wird heut das Herz noch erregen
der klägliche Aufschrei:
"Wir sind keine Wölfe mehr!"

ЧУЖАЯ КОЛЕЯ

Сам виноват, и слёзы лью и охаю:
Попал в чужую колею глубокую.
Я цели намечал свои на выбор сам,
А вот теперь из колеи не выбраться.

Крутые, скользкие края имеет эта колея.
Я кляну проложивших её, скоро лопнет терпенье моё.
И склоняю, как школьник плохой:
Колея, в колею, с колеёй.

Но почему неймётся мне, нахальный я,
Условья, в общем, в колее нормальные.
Никто не стукнет, не притрёт, не жалуйся,
Желаешь двигаться вперёд — пожалуйста.

Отказа нет в еде-питье в уютной этой колее.
И я живо себя убедил — не один я в неё угодил.
Так держать, колесо в колесе,
И доедешь туда, куда все.

Вот кто-то крикнул сам не свой: »А ну, пусти!«
И начал спорить с колеёй по глупости.
Он в споре сжёг запас до дна тепла души,
И полетели клапана и вкладыши.

Но покарёжил он края — и шире стала колея.
Вдруг его обрывается след — Чудака оттащили в кювет,
Чтоб не мог он нам, задним, мешать
По чужой колее проезжать.

Вот и ко мне пришла беда — стартёр заел,
Теперь уж это не езда, а ёрзанье.
И надо б выйти, подтолкнуть, но прыти нет,
Авось, подъедет кто-нибудь и вытянет.

DIE FREMDE SPUR

Ich bin selbst schuld! Verflucht! Ohrfeigen könnt ich mich,
daß ich in diese ausgefahrne Rinne fuhr!
Das eigne Ziel hier zu erreichen – glaubte ich.
Jetzt komme ich nicht wieder raus aus dieser Spur.

Die Furchen Schlamm, die Ränder glitschig! Ein Skandal!
Verdammt! Wer hinterließ als Weg uns diesen Dreck?
Das ist kein Weg! Der, des, dem, den . . . in jedem Fall
ein Irrweg ist's! Hier kommt man ja nicht mehr vom Fleck!

Jedoch Geduld! Ich fordere vielleicht zuviel?
Ist solche Schmalspur denn bei uns nicht längst normal?
Wer rammt dich hier? Bleib brav im Glied, verhalt dich still!
Trotz allem geht's doch vorwärts stets, ob Berg, ob Tal.

Gemütlich ist's sogar, man fühlt sich nie allein,
so wie man ißt und trinkt bei uns – stets einwandfrei.
Dem gleichen Ziel strebt jeder zu, das muß so sein.
Scher nur nicht aus! Am Vordermann geht's nicht vorbei.

Denn schreit da wer: "He, laß mich durch! Ich bin pressiert!"
dann gibt es Streit, wenn einer nicht sogleich pariert.
Bricht er mit Vollgas aus der Spur, dann ist's passiert,
der Motor kocht wie er vor Wut und – explodiert.

Man kippt ihn um, verbogen krumm räumt man ihn weg.
Da liegt er dann, der Blödian, im Grabendreck
und stört nicht mehr die anderen, die weiter stur
die schmale Spur verfolgen, die nun breiter nur.

Verflucht! Jetzt hab ich selber Pech! Der Starter streikt,
der Motor bockt! Da hilft nur noch, daß man aussteigt.
Wer schiebt mich an? Da ist kein Mann, der helfen will.
Mir wird ganz flau, ich seh den Stau, hör nur Gebrüll.

Напрасно жду подмоги я —
Чужая это колея.

Расплеваться бы глиной и ржой
С колеёй этой самой чужой.
Тем, что я её сам углубил,
Я у задних надежду убил.

Прошиб меня холодный пот до косточки,
И я прошёл чуть-чуть вперёд по досточке.
Гляжу — размыли край ручьи весенние,
Там выезд есть из колеи, спасение!

Я грязью из-под шин плюю в чужую эту колею:
— Эй вы, задние, делай, как я, —
Это значит — не надо за мной.
Колея эта только моя,
Выбирайтесь своей колеёй.

Ich schieb allein, bis von der Stirn mir rinnt der Schweiß.
Wer preist uns das als Richtspur an! Verdammter Scheiß!

Jedoch warum war ich so dumm, daß ich drauf fuhr?
Vertieft hab ich, verbreitert selbst dadurch die Spur.
Laß dich auf solche Schmalspur ein, da gehst du drauf.
Wer da noch folgt, gibt sicherlich die Hoffnung auf.

Ich aber schob mit letzter Kraft, obschon ganz schwach,
und sah ein Brett, herangeschwemmt vom Frühlingsbach.
Passierbar war dort, wo es lag, der Schmalspurrand.
So kam's, daß ich darüber weg den Ausweg fand.

Mein Hinterrad, das spuckte auf die Rinne Dreck.
"Nachzügler", schrie ich, "wählt wie ich den eignen Weg!
Doch wenn ihr gern versacken wollt, fahrt weiter stur
auf eurer alten, ausgelatschten Teufelsspur!"

О ДИКОМ ВЕПРЕ

В королевстве, где всё тихо и складно,
Где ни войн, ни катаклизмов, ни бурь,
Появился дикий вепрь огромадный,
То ли буйвол, то ли бык, то ли тур.

Сам король страдал желудком и астмой,
Только кашлем сильный страх наводил.
А тем временем зверюга ужасный
Коих ел, а коих в лес волочил.

И король тотчас издал три декрета:
Зверя надо, говорит, одолеть наконец.
Вот кто отчается на дело на это,
Тот принцессу поведёт под венец.

А в отчаявшемся том государстве,
Как войдешь, так прямо наискосок,
В бесшабашной жил тоске и гусарстве
Бывший лучший, но опальный стрелок.

На полу лежали люди и шкуры,
Пели песни, пили мёды — и тут
Протрубили на дворе трубадуры,
Хвать стрелка и во дворец волокут.

И король ему прокашлял: »Не буду
Я читать тебе морали, юнец.
Вот если завтра победишь чуду-юду,
То принцессу поведёшь под венец«.

А стрелок: »Да это что ж за награда?
Мне бы выкатить портвейна бадью.
А принцессу мне и даром не надо,
Чуду-юду я и так победю«.

VOM WILDEN EBER

In einem Königreich, wo Ruh und Ordnung dominierten
kein Krieg, kein Sturm je war, nie Unglücke passierten,
geschah es, daß ein Ochsenbüffeleber, groß und wild,
zerstörte das idyllische Bild.

Der König, an Asthma leidend und krank am Magen
(mit seinem Husten war sein Land geschlagen),
sah, wie das Untier sein Volk dezimierte,
die einen fraß, die anderen entführte.

In drei sofort erlassenen Dekreten
wurden die zum Kampf gebeten,
die imstand, das Untier zu besiegen –
als Lohn war des Königs Tochter zu kriegen.

Nun lebte in diesem verängstigten Land,
gleich neben dem Eingang, rechter Hand,
in sorglosem Gleichmut und wildem Genuß
ein verstoßener Bürger mit dem besten Schuß.

Er lag auf dem Boden, auf weichen Fellen,
trank Met und sang mit seinen Gesellen.
Da klang ihm vom Schloß der Trompeten Signal,
man griff ihn und schleppt' ihn zum Königssaal.

Milchbart, sprach hustend der König ihn an,
wir vergessen, was war! Bist du der Mann,
dem das Untier im Kampf wird erliegen,
dann sollst du mein einziges Töchterlein kriegen.

Der Schütze erwidert: Das ist doch kein Lohn –
bin Portweintrinker, kein Schwiegersohn.
Die Prinzessin behaltet für andere Zwecke,
ich bringe das Biest auch so um die Ecke.

А король: »Возьмёшь принцессу, и точка.
А не то, тебя — раз-два — и в тюрьму.
Ведь это всё же королевская дочка«.
А стрелок: »Ну хоть убей, не возьму«.

И пока король с ним так препирался,
Съел уже почти всех женщин и кур
И возле самого дворца ошивался
Этот самый то ли бык, то ли тур.

Делать нечего, портвейн он отспорил,
Чуду-юду уложил и убёг.
Вот так принцессу с королём опозорил
Бывший лучший, но опальный стрелок.

Der König: Das ist ein Befehl, du hast sie zu nehmen,
sonst ab ins Gefängnis! Du solltest dich schämen,
sie ist meine Tochter! – Der Schütze spricht:
Und wenn du mich totschlägst, ich nehme sie nicht.

Sie stritten und jeder zog kräftig vom Leder.
Inzwischen hatte der schreckliche Eber
viel Frauen und Hühner zu sich genommen
und war schon sehr nahe ans Schloß gekommen.

Nichts zu machen: der Schütze bekam seinen Wein,
legte das Biest um und kehrte heim.
Er blamierte König und Tochter mit größtem Genuß –
der verstoßene Bürger mit dem besten Schuß.

ЧЁРНЫЙ ЧЕЛОВЕК

Мой чёрный человек в костюме сером,
Он был министром, домуправом, офицером...
Как злобный клоун, он менял личины
И бил поддых, внезапно, без причины.

И улыбаясь, мне ломали крылья,
Мой хрип порой похожим был на вой,
И я немел от боли и бессилья,
И лишь шептал: »Спасибо, что живой«.

Я суеверен был, искал приметы,
Что, мол, пройдет, терпи, всё ерунда...
Я даже прорывался в кабинеты
И зарекался: больше никогда!

Вокруг меня кликуши голосили:
— В Париж катает, словно мы в Тюмень!..
Пора такого выгнать из России!..
Давно пора... Видать, начальству лень.

Судачили про дачу и зарплату:
Мол, денег прорва — по ночам кую...
Я всё отдам! — берите без доплаты
Трёхкомнатную камеру мою.

И мне давали добрые советы,
Чуть свысока, похлопав по плечу,
Мои друзья — известные поэты:
— Не стоит рифмовать »кричу-торчу«.

И лопнула во мне терпенья жила,
И я со смертью перешёл на »ты«.
Она давно возле меня кружила,
Побаивалась только хрипоты.

DER SCHWARZE MANN

Mein schwarzer Mann in schlichtem Grau,
der war Minister, Hausverwalter, Offizier.
Die Masken wechselnd wie ein böser Clown
schlug er mich nieder ohne hinzuschaun.

Sie brachen mir die Flügel, lächelnd.
Ich mußte winselnd mich ergeben.
Vor Schmerzen stumm, ohnmächtig hechelnd,
flüsterte ich noch: Danke, für mein Leben.

Mein Aberglaube ließ mich Zeichen deuten:
All das vergeht wie Fieber, eine Idiotie!
Ich rannte in Büros von feinen Leuten,
und dabei schwor ich mir: Nie wieder, nie!

Um mich herum hysterisches Geschrei:
Der gondelt nach Paris. Und unsereiner?
Jagt ihn aus Rußland, aus, vorbei!
So'n lascher Staat. Merkt das denn keiner?

Zerrissen sich das Maul um meine Datsche,
ich hätte Geld wie Heu. Hier auf der Stelle
geb ich euch alles her für das Gequatsche.
Nehmt ohne Aufpreis die Dreizimmer-Zelle.

So mancher Rat war wirklich gut gemeint
von meinen Freunden, den berühmten Dichtern:
Daß stumm sich nicht auf Opium reimt.
Und nichts als Arroganz in den Gesichtern.

Meine Geduld ist hin, die Route abgesteckt.
Der Tod, ich steh mit ihm auf du,
hat nur vor meinem Röcheln noch Respekt
und zieht allmählich seine Schlinge zu.

Я от суда скрываться не намерен:
Коль призовут — отвечу на вопрос.
Я до секунд всю жизнь свою измерил
И, худо-бедно, а тащил свой воз.

Но знаю я, что лживо, а что свято —
Я понял это всё-таки давно.
Мой путь один, всего один, ребята,
Мне выбора, по счастью, не дано!

Ich habe keine Angst. Zu seiner Stunde
soll das Gericht mich rufen und befragen.
Die Uhr läuft ab, Sekunde um Sekunde.
Hab meine Last, so gut es ging, getragen.

Ich weiß, was heilig ist und was verlogen.
Das konnte ich, trotz allem, früh erkennen.
Dies ist mein Weg. Bald bin ich fortgezogen,
es bleibt mir keine Wahl, ich muß mich trennen.

ЧТО ЗА ДОМ ПРИТИХ, ПОГРУЖЁН ВО МРАК

Что за дом притих, погружён во мрак,
На семи лихих, продувных ветрах,
Всеми окнами обратясь в овраг,
А воротами на проезжий тракт?

Эх, устать я устал, а лошадок распряг.
Эй, живой кто-нибудь, выходи, помоги!
Никого, только тень промелькнула в сенях
Да стервятник спустился и сузил круги.

В дом заходишь, как, всё равно, в кабак.
А народишко — каждый третий — враг.
Своротят скулу — гость непрошеный.
Образа в углу, и те — перекошены.

И затеялся смутный, чудной разговор,
Кто-то песню стонал да гармошку терзал,
И припадочный малый, придурок и вор,
Мне тайком из-под скатерти нож показал.

Кто ответит мне, — что за дом такой?
Почему во тьме, как барак чумной?
Свет лампад погас, воздух вылился.
Али жить у вас разучилися?

Двери настежь у вас, а душа взаперти.
Кто хозяином здесь? Напоил бы вином...
А в ответ мне, — Видать, был ты долго в пути
И людей позабыл. Мы всегда так живём.

Травы кушаем, век на щавеле,
Скисли душами, опрыщавели,
Да ещё вином много тешились,
Разоряли дом, дрались, вешались...

DAS STUMME HAUS

Verstummtes Haus, in Finsternis versunken,
durch das die bösen kalten Winde wehn.
Mit Fenstern, die zur Schlucht hinuntersehn,
mit Toren zu der großen Straße.

Erschöpft und müde spannte ich die Pferde aus.
He, wer da lebt, komm raus und hilf!
Nichts als ein Schatten geisterte am Haus,
ein Geier stieß herab und kreiste tief.

Gehst du ins Haus, ist da die Kneipe.
Ein Haufen Leute, feindselig im Mief.
Die hauen dir, dem Fremden, in die Fresse,
hier hängen die Ikonen schief.

Und es beginnt ein seltsam trübes Reden.
Man stöhnt ein Lied, quält die Harmonika.
Ein blöder Dieb, ein Epileptiker,
zeigt heimlich unterm Tisch ein Messer her.

Antwortet mir, was ist das für ein Haus?
In Dunkelheit wie eine Pestbaracke.
In dieser Luft gehn die Ikonenlämpchen aus,
doch wer von euch kann ohne Luft hier leben?

Die Türen offen, doch die Seelen eingesperrt.
Wo ist der Wirt? Ich möchte ein Glas Wein.
Die Antwort ist: Du warst zu lange fort.
Wir leben immer so, tagaus, tagein.

Wir essen Sauerampfer, kauen ewig Gras.
Die Seelen sind versauert und verdorrt.
Wir trösten uns mit Wein im Übermaß,
das Haus verwüsten wir mit Schlägerei und Mord.

КУПОЛА

Как засмотрится мне нынче, как задышится?
Воздух крут перед грозой, крут да вязок.
Что споётся мне сегодня, что услышится?
Птицы вещие поют, да всё из сказок.

Птица Сирин мне радостно скалится,
Веселит, зазывает из гнёзд,
А напротив тоскует, печалится,
Травит душу чудной Алконост.

Словно семь заветных струн
Зазвенели в свой черёд —
То мне птица Гамаюн
Надежду подаёт.

В синем небе, колокольнями проколотом,
Медный колокол, медный колокол
То ль возрадовался, то ли осерчал...
Купола в России кроют чистым золотом,
Чтобы чаще Господь замечал.

Я стою, как перед вечною загадкою,
Пред великою да сказочной страною,
Перед солоно- да горько-кисло-сладкою,
Голубою, родниковою, ржаною.

Грязью чавкая, жирной да ржавою,
Вязнут лошади по стремена,
Но влекут меня сонной державою,
Что раскисла, опухла от сна.

ZWIEBELTÜRME

Wie ist mir heut zumute, wie läßt sich's an?
Die Luft ist dick vor dem Gewitter, dick und zäh.
Welches Lied kommt mir in den Sinn, was klingt in
meinen Ohren?
Die weisen Vögel singen, und alles ist wie im Märchen.

Der Vogel Sirin lächelt mich betörend an
und lockt mich in sein Nest.
Doch gegenüber trauert, grämt sich
und rührt an meine alten Wunden der wunderliche Alkonost.

Mir ist, als ob die sieben Zaubersaiten,
alle ganz vertraut erklängen.
Es ist der Vogel Gamajun,
der mir Hoffnung macht.

Im blauen Himmel, von Glockentürmen durchbohrt,
klingt bald freudig, bald verärgert
die Kupferglocke, die Kupferglocke.
Reines Gold bedeckt die Zwiebeltürme Rußlands,
damit der Herr sie häufiger bemerke.

Ich stehe wie vor einem ewigen Rätsel
vor dem gewaltigen, märchenhaften Land,
vor dem salzigen und bitter-sauer-süßen,
vor dem blauen Quellen-Roggen-Land.

Im schmatzenden, rostig fetten Schlamm
versinken die Pferde bis zum Gurt;
doch sie ziehen mich durch das verträumte Land,
das noch vom Schlaf verquollen und ermattet ist.

Словно семь покатых лун
На пути моём встаёт —
То мне птица Гамаюн
Надежду подаёт.

Душу стёртую утратами да тратами,
Душу сбитую перекатами,
Если до крови лоскут истончал,
Залатаю золотыми я заплатами,
Чтобы чаще Господь замечал.

Mir ist, als stünden sieben volle Monde
über meinem Weg.
Es ist der Vogel Gamajun,
der mir Hoffnung macht.

Ist die Seele ausgelaugt und abgenutzt,
von Stolpersteinen auf dem Weg zerschunden,
ist sie dünn geworden bis aufs Blut –
dann besetze ich sie mit goldenen Flicken,
damit der Herr sie häufiger bemerke.

Die Märchenvögel Sirin, Alkonost und Gamajun haben ein menschliches Antlitz und einen Vogelkörper.

Sirin ist ein Verwandter der Sirenen aus der griechischen Mythologie.

Gamajun stammt aus östlichen islamischen Legenden. Er vermag Auserwählten die Herrschaft vorauszusagen.

Alkonost entspricht der griechischen Alkyone, einer Königin, die um ihren ertrunkenen Gatten trauert und von Zeus in einen Eisvogel verwandelt wurde.

НА СМЕРТЬ ШУКШИНА

Ещё ни холодов, ни льдин,
Земля тепла, красна калина,
А в землю лёг ещё один
На Новодевичьем мужчина.

Должно быть, он примет не знал —
Народец праздный суесловит,
Смерть тех из нас всех прежде ловит,
Кто понарошку умирал.

Коль так, Макарыч, не спеши,
Спусти колки, ослабь зажимы,
Пересними, перепиши,
Переиграй, останься живым...

Но в слёзы мужиков вгоняя,
Он пулю в животе понёс,
Припал к земле, как верный пёс,
А рядом куст калины рос.
Калина, красная такая.

Смерть самых лучших намечает
И дёргает по одному.
Какой наш брат ушёл во тьму —
Не буйствует и не скучает.

А был бы »Разин« в этот год,
Натура где — Онега, Нарочь.
Все печки-лавочки, Макарыч,
Такой твой парень не живёт.

Вот после временной заминки
Рок процедил через губу:

AUF SCHUKSCHINS TOD

Kein Windhauch, der nach Frost schon schmeckte,
die Erde weich noch, warm wie Luft
und rot der Schneeballstrauch – da legte
ein Mann sich in die Friedhofsgruft.

Ein Omen ließ der Mann nicht gelten,
das noch dem Volk als Warnung gilt.
Holt doch der Tod zuerst nicht selten,
die selbst ihr Sterben schon gespielt.

Wenn's so ist, Freund, dann keine Eile!
Stell anders ein die Kamera,
schreib um den Text, daß jede Zeile
lebendig bleibt, dem Leben nah!

Kein Mensch, der Tränen dann verdrängte,
als er, längst todeswund im Bauch,
getreu der Erde ihr sich schenkte
unter dem roten Schneeballstrauch,
unter dem roten Schneeballstrauch.

Die Besten pflegt der Tod zu fangen
und treibt sie einzeln vor sich her.
Ein Bruder ist von uns gegangen,
vom Leid erlöst stört er nicht mehr.

Den "Stepan Rasin" noch zu drehen
in diesem Jahre, hoffte er.
Keins seiner Werke wird vergehen,
doch er, der Meister, lebt nicht mehr.

Man hörte Schicksalsstimmen raunen:
"Von diesem Mann nehmt das Tabu!

– Снять со скуластого табу
За то, что он видал в гробу
Все панихиды и поминки.

Того, с большой душою в теле
И с тяжким грузом на горбу,
Чтоб не испытывал судьбу –
Взять утром тёпленьким в постели.

И после непременной бани,
Чист перед Богом и тверёз,
Вдруг взял да умер он всерьёз.
Решительней, чем на экране.

Als Sterbender sah er mit Staunen
den eignen Leichenfeiern zu.

Ihn, der mit seinem großen Herzen
so schwer zu tragen sich erbot,
enthebt dem Lager seiner Schmerzen,
bevor er selbst begehrt den Tod!“

Grad dem gewohnten Bad entstiegen,
trat er vor Gott nüchtern und rein,
entschlossener, sich ihm zu fügen,
als er's im Spiel je konnte sein.

Zu den engeren Freunden Wyssotzkijs gehörte der Autor, Regisseur und Schauspieler Wassilij Makarowitsch Schukschin (1929-1974), der im Alter von 45 Jahren an Herzversagen starb.

Erste Strophe: Schukschin starb im Herbst, wie der Held seines Films "Roter Schneeballstrauch“ (1974), den er selbst gespielt hatte.

Zweite Strophe: Ein im russischen Volk noch heute verbreiteter Aberglaube besagt, daß, wer sich tot stellt, einen Toten spielt, bald sterben wird.

Fünfte Strophe: Anspielung auf Schukschins Film "Euer Sohn und Bruder“ (1966).

Sechste Strophe: Schukschin plante einen Film über Stenka Rasin. Sein Roman über den legendären Anführer eines Volksaufstandes, der 1671 in Moskau hingerichtet worden war, erschien 1971 unter dem Titel "Ich kam euch die Freiheit zu bringen“, ein gleichnamiges Drehbuch hatte er noch vor seinem Tode fertiggestellt.

У МЕНЯ ЗАПОЙ ОТ ОДИНОЧЕСТВА

У меня запой от одиночества,
По ночам я слышу голоса.
Слышу вдруг — зовут меня по отчеству,
Глянул — чёрт, вот это чудеса.
Чёрт мне корчил рожи и моргал,
А я ему тихонечко сказал:

— Я, брат, коньяком напился, вот уж как.
Но ты, наверно, пьёшь денатурат.
Слушай, чёрт, чертяка, чёртик, чёртушка,
Сядь со мной, я очень буду рад.
Да неужели, чёрт возьми, ты трус?
Слезь с плеча, а то перекрещусь.

Чёрт сказал, что он знаком с Борисовым
(Это наш запойный управдом).
Чёрт за обе щёки хлеб уписывал,
Брезговать не стал и коньяком.
Кончился коньяк — не пропадём!
Съездим к трём вокзалам и возьмём.

Я уснул, к вокзалам чёрт мой съездил сам.
Просыпаюсь — снова чёрт. Боюсь.
Или он по новой мне пригрезился,
Или это я ему кажусь.
Чёрт ругнулся матом, а потом
Целоваться лез, вилял хвостом.

Засмеялся я над ним до коликов
И спросил: — Как там у вас в аду
Отношенье к нашим алкоголикам?
Говорят, их жарят на спирту.
Чёрт опять ругнулся и сказал:
— Там не тот товарищ правит бал.

ICH SAUF MICH TOT VOR EINSAMKEIT

Ich sauf mich tot vor Einsamkeit,
in der Nacht hör ich Stimmen.
Plötzlich – man ruft mich mit Vatersnamen,
ich seh hin – der Teufel, das ist ein Ding!
Der Teufel schnitt Fratzen und zwinkerte mir zu,
und ich sagte ganz leise zu ihm:

"Bruder, ich hab schon ne Menge Kognak intus,
aber du säufst wahrscheinlich Spiritus.
Hör zu, Teufel, Teufelchen, Teufelein,
setz dich zu mir, ich würd mich sehr freun.
Oder bist du etwa, hol's der Teufel, feige?
Runter von meiner Schulter, sonst schlag ich ein Kreuz."

Der Teufel sagte, daß er Borissow kennt,
das ist unser versoffener Hausverwalter.
Der Teufel kaute Brot mit vollen Backen,
und ekelte sich auch nicht vor Kognak.
Der Kognak war alle – wir gehen nicht unter!
Wir fahren zu den drei Bahnhöfen und holen neuen.

Ich schlief ein, mein Teufel fuhr selber los.
Ich wach auf – wieder der Teufel. Ich habe Angst.
Entweder träum ich schon wieder von ihm
oder ich bin's, der ihm erscheint.
Der Teufel fluchte dreckig, und dann
versucht er mich zu küssen und wedelt mit dem Schwanz.

Ich lachte, daß mir der Bauch wehtat
und fragte: "Wie geht ihr da in eurer Hölle
mit unsern Alkoholikern um?
Man sagt, sie werden in Spiritus gekocht."
Der Teufel fluchte wieder und sagte:
"Da führt ein anderer Genosse das Regiment."

Всё кончилось, светлее стало в комнате,
Чёрта я хотел опохмелять.
Но растворился чёрт, как будто в омуте,
Я всё жду, когда придёт опять.
И я не то чтоб чокнутый какой,
Но лучше с чёртом, чем с самим собой.

Alles war vorbei, im Zimmer wurd es heller.
Ich wollte dem Teufel den Rausch austreiben,
aber er hatte sich in Luft aufgelöst.
Ich warte immerzu, daß er wiederkommt.
Nicht, daß ich irgendwie verrückt wär,
aber lieber mit dem Teufel als ganz allein.

ЛЕЧЬ НА ДНО

Сыт я по горло, до подбородка,
Даже от песен стал уставать.
Лечь бы на дно, как подводная лодка,
Чтоб не могли запеленговать!

Друг подавал мне водку в стакане,
Друг говорил, что это пройдет.
Друг познакомил с Веркой по пьяни, –
Верка поможет, а водка спасёт.

Но не помогли ни Верка, ни водка:
С водки похмелье, с Верки – что взять?
Лечь бы на дно, как подводная лодка,
Чтоб не могли запеленговать.

Сыт я по горло, сыт я по глотку,
Ох, надоело петь и играть.
Лечь бы на дно, как подводная лодка,
И позывных не передавать.

UNTERTAUCHEN

Satt hab ich alles, das Saufen, das Rauchen!
Auch meiner Lieder bin schon längst ich müd!
Möchte am liebsten ganz untertauchen,
daß mich kein Mensch mehr noch hört oder sieht.

"Trink doch ein Gläschen noch, trink doch, mein Lieber!"
sagte mein Freund und rief Werka heran.
"Alles, Mensch, alles, Mensch geht ja vorüber!
Wodka und Werka, das hilft jedem Mann!"

Möcht weder Wodka noch Werka mehr sehen!
Nichts als ein Brummschädel kommt dabei raus.
Möcht wie ein U-Boot auf Tauchstation gehen,
kenn mich da oben schon gar nicht mehr aus.

Leid ist mir längst schon dies elende Leben,
bin aller Worte längst satt bis zum Schlund,
will kein Signal mehr nach oben noch geben,
ruhn wie ein Wrack auf dem Meeresgrund.

КОНИ ПРИВЕРЕДЛИВЫЕ

Вдоль обрыва по-над пропастью, по самому по краю
Я коней своих нагайкою стегаю, погоняю.
Что-то воздуху мне мало, ветер пью, туман глотаю,
Чую с гибельным восторгом — пропадаю, пропадаю!

Чуть помедленнее, кони, чуть помедленнее,
Вы тугую не слушайте плеть.
Но что-то кони мне попались привередливые,
И дожить не успел, мне допеть не успеть...

Я коней напою, я куплет допою,
Хоть немного ещё постою на краю...

Сгину я , меня пушинкой ураган сметёт с ладони,
И в санях меня галопом повлекут по снегу утром.
Вы на шаг неторопливый перейдите, мои кони,
Хоть немного, но продлите путь к последнему приюту.

Чуть помедленнее, кони, чуть помедленнее,
Не указчики вам кнут и плеть.
Ну что за кони мне попались привередливые,
И дожить не успел, мне допеть не успеть.

Я коней напою, я куплет допою,
Хоть немного ещё постою на краю...

Мы успели, в гости к Богу не бывает опозданий.
Так что ж там ангелы поют такими злыми голосами?
Или это колокольчик весь зашёлся от рыданий,
Или я кричу коням, чтоб не несли так быстро сани?

LAUNISCHE PFERDE

Nah am Abgrund, hart am Rand
peitsch ich, jàg ich meine Pferde.
Schlucke Nebel, saufe Wind und atemlos
spüre ich entzückt – ich gehe drauf.

Langsamer, Pferde, nicht so schnell,
achtet nicht auf die Peitsche.
Doch mir wurden launische Pferde gegeben.
Hab mein Leben nicht zu Ende gelebt,
werd mein Lied nicht zu Ende singen.

Ich tränke die Pferde und singe, na schön.
Und bleib noch ein wenig am Abgrund stehn.

Wie eine Feder im Orkan, so werd ich weggefegt
und morgen schafft man mich im Schlitten fort.
Gemächlich, meine Pferde, fallt in Trab.
Verlängert mir den Weg zum letzten Ort.

Langsamer, Pferde, nicht so schnell,
sollt der Knute nicht gehorchen.
Doch mir wurden launische Pferde gegeben.
Hab mein Leben nicht zu Ende gelebt,
werd mein Lied nicht zu Ende singen.

Ich tränke die Pferde und singe, na schön.
Und bleib noch ein wenig am Abgrund stehn.

Als Gast bei Gott kommt man nie zu spät.
Sind das Chöre von boshaften Engeln?
Oder das Glöckchen, das schluchzt wie toll,
oder ist es mein eigener Schrei?

Чуть помедленнее, кони, чуть помедленнее!
Умоляю вас вскачь не лететь!
Но... что за кони мне попались — привередливые...
Коль дожить не успел — мне допеть бы успеть.

Я коней напою, я куплет допою,
Хоть немного ещё постою... на краю...

Langsamer, Pferde, nicht so schnell.
Galoppiert und hört auf zu fliegen.
Doch mir wurden launische Pferde gegeben.
Hab mein Leben nicht zu Ende gelebt,
würd mein Lied gern zu Ende singen.

Ich tränke die Pferde und singe, na schön.
Und bleib noch ein wenig am Abgrund stehn.

ЧТУ ФАУСТА ЛИ, ДОРИАНА ГРЕЯ ЛИ

Чту Фауста ли, Дориана Грея ли,
Но чтобы душу дьяволу — ни-ни!
Зачем цыганки мне гадать затеяли?
День смерти называли мне они.
Ты эту дату, Боже сохрани, —
Не отмечай в своём календаре — или
В последний час возьми и измени,
Чтоб я не ждал, чтоб вороны не реяли
И ангелы чтоб жалобно не блеяли,
Чтоб люди не хихикали в тени, —
Скорее защити и охрани!
Скорее! Ибо душу мне они
Сомненьями и страхами засеяли.
... Немногого прошу взамен бессмертия:
Широкий тракт, да друга, да коня.
Прошу, покорно голову склоня,
В тот день, когда отпустите меня,
Не плачьте вслед, во имя милосердия!

RESPEKT VOR FAUST

Respekt vor Faust, auch ehr ich Dorian Gray,
doch meine Seele wird der Teufel nie gewinnen.
Auch mir weissagten meinen Todestag aus dem Kaffee
höchst ungerufene Zigeunerinnen.
He du, oh Teufel, streiche mir das Datum nicht
in deinem schwarzen Buche an!
Hast du's bereits getan, oh dann verzicht
kurz vor der Frist auf jenen Stundenplan.
Ich will nicht warten, während draußen Raben
mit Engeln schwatzen schon in letzter Konferenz.
Ich will nicht, daß die Leute was zu kichern haben.
Schnell streiche aus das Datum meines Ends!
Ach, meine Seele ist schon überschneit
mit Angst und Zweifeln und voll Endlichkeit.
Ach was, Unsterblichkeit! Ich bitt um eine breite Straße,
dazu ein Freund, ein Pferd für meinen letzten Ritt.
Demütig sei mein Kopf gesenkt, damit man mich fortlasse
an jenem Tag. Und keiner schaue hinterher mit Tränenblick.

СТИХИ И ПЕСНИ

GEDICHTE UND LIEDER (*nachgedichtet von*)

Wyssotzkij hören

Seite A: Zur Butyrka / Auf der Bolschoi Karetny / Freunde, schreibt mir einen Brief / Weinen wird die Braut um mich / Gebt den Hunden Fleisch / Im Lazarett / Brüder im Massengrab / Alles, alles ist verkehrt / An die Dichter / Das kotzt mich an / Das Dampfbad

Seite B: Freiheit der Gitarre / Fehlerfrei / Die Wolfsjagd / Vorbei die Zeit für Vorwort und Präludium / Die fremde Spur / Das stumme Haus / Zwiebeltürme / Untertauchen / Launische Pferde

Musik, Gesang und Gitarre: Wladimir Wyssotzkij

Die Kassette zum vorliegenden Buch, Preis DM 19,80. Im Buchhandel oder direkt über den Verlag zu beziehen.

Verlag Neue Kritik, Kettenhofweg 53, 6000 Frankfurt am Main 1